Un bout de chemin

Roman

BENJAMIN LECHENE

A mes enfants, mes piliers, qui m'ont sans le savoir tenu à bout de bras pour finir ce roman. Ils furent mon réconfort de chaque instant, mon inspiration, ma motivation. Ils ont donné sens à « tout ça ».
A ma femme, la meilleure. Amie, Amour, soutien, coach. Sans elle je n'aurais jamais eu l'énergie et la constance. L'envie et la confiance. Merci. Je vous aime infiniment…

1.

- Salut, il faut qu'on se voie, ça urge…
Je comprends au ton de mon ami Rick qu'il ne faut pas poser de question et le rejoindre au plus vite.
- OK, où ça ?
- Vingt-quatre rue Brochant, dans le dix-septième…
Mes artères coroner, déjà une préoccupation majeure du pré-quadra que je suis, se collabent encore davantage en entendant l'adresse qu'il vient de me donner. J'attrape mon manteau, claque la porte de mon deux-pièces parisien avec vue sur presque rien, et descends à la hâte les escaliers exigus de ce vieil immeuble décrépi par le poids des ans et la pollution. Le temps des onze stations de métro qui me séparent de Brochant, la machine à gamberge se met en branle à plein régime : est-ce une coïncidence ? mon ami de toujours m'a-t-il simplement appelé pour une affaire importante mais sans aucun lien avec notre passé ? Je tente vainement de me concentrer sur le paysage, mais sans vouloir sembler blasé par la capitale, le panorama offert par les stations de métro toutes de vert défraichi et remplies de gens tristes et pressés ne m'aide pas vraiment à faire

diversion. Sans parler du bruit strident des roues en acier frottant les rails dans ces tunnels interminables qui font bondir le misophone que je suis. Après tout, ça n'est pas pour rien que la ligne treize du métro parisien a brillamment été élue pire ligne d'Europe. Ce titre se mérite, que l'on parle des retards, du monde, des odeurs ou de la décrépitude de chaque centimètre de ses quais. Et force est de constater qu'à chaque endroit où mon regard se pose, je me dis que ce titre n'est en rien usurpé !
Comme d'habitude quand je suis en public, et pour m'éviter de penser, je décide de faire ce que je fais toujours : observer les gens. J'ai toujours eu à la fois cette passion et un don relatif pour analyser mes congénères et comprendre qui ils sont et ce qu'ils ont probablement dans la tête au moment où je les croise. Ce qui m'a parfois valu quelques soucis, notamment à l'adolescence. Certaines personnes goûtaient en effet assez peu que je les regarde avec autant d'insistance. Je ne m'en apercevais même pas, perdu dans mes rêveries, en train d'imaginer ce à quoi pouvait penser ce jeune ado furonculeux, ou ce que pouvait être sa vie en fonction de son apparence, ses mimiques, son regard, ses vêtements, sa façon d'être en général. Arrivé (péniblement) à l'âge adulte, j'ai donc opté pour une approche plus discrète afin de limiter les

ennuis. Mais cette marotte m'a permis de développer une sorte de sixième sens, ou d'instinct très sûr qui me donne un véritable atout dans mes relations aux autres puisque je peux déceler ce qu'ils pensent de moi en un instant, par leur froncement de sourcil ou leur regard fuyant.

En arrivant sur place, les craintes que j'ai tenté de chasser de mon esprit pendant le trajet ressurgissent de plus belle. Je suis maintenant vraiment inquiet, sentiment renforcé par la mine déconfite de mon ami qui vient à ma rencontre pour me permettre de passer les barrages de police.
- Salut Léo, viens…
Léo est malheureusement un diminutif, un sobriquet. J'aurais préféré que ce soit juste mon prénom, mais mes parents, sans doute persuadés qu'ils allaient enfanter un génie, ont choisi de m'affubler du doux patronyme de Léonard. En référence à de Vinci bien entendu. Hélas, étant de la même génération qu'un certain Di Caprio, j'ai passé la moitié de ma jeunesse à me trouver fort moche, du coup, et surtout à devoir supporter mes amis me demandant constamment où était Rose et pourquoi je n'avais pas grimpé sur cette satanée porte en bois après le naufrage. N'étant pas dépourvu d'humour, j'ai trouvé la vanne plutôt bonne au départ. Ce n'est qu'au bout

de quatre mille deux cent soixante-trois fois que la lassitude m'a rattrapé. Je me contentais ensuite d'un rictus mi-soûlé mi-gêné lorsqu'une personne m'y faisait allusion. Rick n'a d'ailleurs pas dérogé à la règle quand nous nous sommes rencontrés. Avec son humour très personnel, mélange de second degré et de pique cinglante, il m'avait dit un jour « merde avec un prénom comme ça c'est con que tu sois pas beau ! ». Il plaisantait bien-sûr, mais sa vanne m'avait terrassé pendant six mois. Aujourd'hui cependant, pas question de plaisanter.

La sobriété de l'accueil de celui que je considère comme mon frère et qui est d'ordinaire, c'est peu de le dire, un joyeux drille, achève de me convaincre qu'il se passe quelque chose de grave. A cet instant, ma peur se mue en une irrépressible panique, et bien que mes jambes se fassent de plus en plus flageolantes à mesure que je suffoque, nous entrons au pas de course dans la magnifique demeure de ce quartier bouillonnant de Paris, à cette frontière ténue et hypocrite du popu et du bobo, entre les Batignolles et l'avenue de Clichy. Alors que l'agitation policière est grandissante, voisins et badauds s'agglutinent, portable en main, cerveau en moins, prêts à dégainer photos, selfies, Twittes et autres stories Instagram qui leur permettront peut-être d'avoir enfin ce maudit quart d'heure Warholien. N'étant pas du tout branché réseaux sociaux, j'avoue avoir les plus grandes peines du monde à comprendre qu'on puisse filmer, poster tout et n'importe quoi en espérant se faire voir, en croyant que ça permet exister. Alors que ça comble le vide. Au mieux.

A l'intérieur, je découvre une scène d'horreur absolue. Cet homme, que j'ai tant de fois rêvé de supprimer moi-même gît là, dans sa cuisine, et surtout dans son sang, le couteau encore planté dans le cou, la mare sanguinolente à la base de la plaie laissant peu de doute quant à la rapidité de sa mort. Il s'est littéralement vidé de son sang. Les pièces mitoyennes sont sens dessus-dessous, laissant clairement penser qu'il y a eu lutte, ou du moins que Vincent s'est défendu. Le contraste entre le bazar ambiant et l'atmosphère proprette et cosy de la maison est saisissant. Cet hôtel particulier enclavé entre deux immeubles est une rareté dans le quartier. Brillant avocat au barreau de Paris, Vincent, toujours en costard vêtu, même le dimanche, la mèche brune épaisse impeccable, le sourire un peu trop parfait pour être honnête, a fait ses classes dans le cabinet de son père, lui-même avocat des plus grands parias de notre temps, avec un succès certain je dois

l'admettre. Ils se sont ainsi bâti une solide réputation d'avocats du crime, gloriole BFMiste et argent d'une propreté relative compris. Ceci expliquant au moins pour partie l'hôtel particulier rutilant. Mais je ne suis peut-être pas tout à fait objectif.
Alors que Rick observe en silence, je commence à déambuler dans les pièces à vivre pour tenter de comprendre ce que je suis en train de regarder. Le premier sentiment qui m'envahit pourtant à la vue de ce spectacle macabre est le soulagement.
Mon ami Rick étant policier à la criminelle, la fameuse BAC, je savais avant d'arriver que j'allais assister à une scène terrible. Mais ma plus grande peur ne s'était pas avérée fondée. Ce n'était pas Alice qui était morte ce matin-là…

2.

Je pars du principe que quatre-vingts pourcents des gens sont des connards. Mon problème, c'est que je ne sais jamais avec certitude si je suis dans les vingt-pourcents restants. Sans doute oscillé-je entre les deux selon les jours. Ce qui est certain en revanche, c'est que plus je me confronte à

l'humanité, plus je trouve qu'elle porte bien mal son nom. De manière générale, on peut dire que les gens m'horripilent. Raison pour laquelle j'ai décidé de devenir médecin-légiste. Quitte à ne pas aimer l'Homme, autant y aller franchement.
Loin des séries américaines dans lesquelles des héros peroxydés se déplacent en Jet Privé ou en BMW, je travaille à l'institut médico-légal de Paris. Mon bureau jaune délavé n'a pas d'autre fenêtre qu'un vasistas. Mon assistant s'appelle Piotr et il se douche un jour sur deux. Dans le meilleur des cas. C'est dans ce cadre bucolique du douzième arrondissement que je passe mon temps à autopsier, analyser, disséquer la bidoche humaine. C'est ma façon à moi de contribuer à cette fameuse humanité : la mettre en pièces pour comprendre ce qui y cloche. Mon bloc opératoire blanchâtre et froid est mon refuge. Dix-huit degrés toute l'année, des effluves de détergeant pour la propreté mais aussi pour masquer les odeurs peu ragoûtantes de mes compagnons de route. C'est un endroit impressionnant pour le quidam, aussi j'y trouve une paix salutaire. Sans parler de mes patients, source de peu de perturbations il est vrai.
Pour le reste, je suis bien chez moi, dans mon appartement de la rue de Javel acheté grâce à un geste très généreux de mon

père : sa mort. Et par voie de conséquence mon héritage. J'y vis seul, enfin non, il y'a mon chat, qui en plus d'être croc mignon, a l'immense avantage sur ses lointains cousins sapiens-sapiens de ne pas parler. C'est un deux-pièces avec absolument zéro charme mais, comme on dit lorsqu'on a aucun goût pour la déco ou l'entretien : fonctionnel. Une douche dont les joints mériteraient un rafraichissement, une petite cuisine, et bien-sûr, je suis tout de même un homme, une gigantesque télé et un énorme lit ! Dont la seule finalité jusqu'à présent est de me permettre de dormir en « étoile de mer » plus qu'accueillir mes nombreuses conquêtes...Enfin, pour compléter ce décorum de rêve, j'ai de ma fenêtre non isolée à simple vitrage une vue parfaitement dégagée sur la voisine d'en face. Une femme seule d'environ soixante-quinze ans qui a pour habitude d'étendre ses culottes sur son balcon et de rester nue après la douche à peu près vingt minutes. Bien-sûr, elle n'a pas de rideaux. Autant dire que je me délecte chaque jour de pouvoir profiter de ma terrasse, mot typiquement parisien pour définir un balconnet sur lequel tu ne peux pénétrer que si ta pointure de pieds n'excède pas le trente-neuf. Une certaine idée du bonheur citadin.

Bref, je fonctionne. J'ai toujours été plus ou moins comme cela. Bon an, mal an. Et ce depuis mes quatorze ans, âge auquel je suis diagnostiqué surdoué, ou plus exactement HPI, Haut Potentiel Intellectuel. Une bien pompeuse appellation pour ce que j'appelle moi un mec lucide sur le monde, donc forcément misanthrope. Cet art consommé de notre société à toujours chercher un nom apaisant est d'ailleurs aussi quelque chose qui me rend chèvre. Je ne sais plus qui a dit un jour qu'à mal nommer les choses on ne peut les comprendre et encore moins les changer, mais je suis fichtrement d'accord. Enfin bref, je m'égare.
Cet étiquetage relativement lourd à porter est l'aboutissement d'une conjonction d'éléments tragiquement banals : ennui scolaire, notes en berne, convocations parentales multiples. Lassés, ces derniers me proposent de voir un psychologue, lequel je dois dire a été très aimable avec moi et a surtout décelé en à peine trois séances que ce n'était pas d'une psychothérapie dont j'avais besoin, ce qui aurait pourtant garni généreusement son Plan Épargne Retraite pendant quelques années, mais bien de tests de personnalité et de QI. Je les ai passés sans grande conviction, aussi le résultat a été pour moi très surprenant mais surtout cathartique. J'ai enfin compris

pourquoi je me sentais si différent de mes camarades de classe.

Le reste de mon enfance a été relativement heureux. Oui relativement, surtout parce que je m'y suis prodigieusement ennuyé, mais rien à en dire de pire. J'avais un physique banal, ni laid ni beau. Châtain, de taille moyenne, plutôt fluet, je brillais par mon anonymat séductif. J'ai grandi dans un coin résidentiel et populaire de banlieue parisienne jusqu'à quinze ans. Jusqu'au « drame ». Mes parents, Êtres humains tout à fait bien élevés, cordiaux, avaient avec les années développé une propension quasi permanente au sévice verbal mutuel. En clair, ils se pourrissaient la vie, chacun reprochant à l'autre, en vrac, de ne pas être là, de trop bosser, de ne rien faire à la maison, de ne plus aimer l'autre...diatribes aussi communes qu'universelles qui ont fini par lasser ma mère. Elle a pris son fils sous le bras, façon de parler dans la mesure où je mesurais déjà un mètre soixante-dix à quinze ans, et est partie le plus loin possible de mon père, en l'occurrence en Normandie. Le « loin » des banlieusards fauchés.
Conséquence logique d'une séparation salutaire, nous avons dû revoir nos prétentions résidentielles à la baisse. Au moins le temps que ma mère se trouve un gentil docteur. Qu'elle aime bien-sûr, mais

s'il pouvait aussi avoir une résidence secondaire à Saint Barth elle n'aurait rien contre.
Et comme la vie peut être taquine. Peut-être mon cynisme est-il un brin outrancier, mais c'est pourtant par un beau soir d'été indien que ma mère l'a trouvé.
Alors qu'elle faisait son jogging sur les rives de Seine, courant plus après sa jeunesse perdue et le temps qui passe que toute autre chose, elle est sortie de sa torpeur par une main se posant sur son épaule. Elle sursaute et se retourne brusquement, faisant par la même voltiger le capuccino estampillé Starbucks de l'homme en face d'elle jusque sur la vitre d'une demeure voisine. Évidemment brulantissime, pléonasme Starbuckien, le contact du café sur la vitre crée immédiatement une brume épaisse dont on aurait pu croire qu'elle allait faire fondre le verre. Ma mère dévisage l'homme-au-café avec un mélange de surprise et de circonspection. Assez rapidement toutefois, elle décide qu'étant donné le look et les yeux pétillants de son bel inconnu, elle va plutôt jouer la carte de la jeune quadra dynamique et pleine de charme. Chose peu aisée en jogging fuchsia et suant à grosses gouttes, le tout sans un grain de fond de teint.
Philippe, qui au départ voulait simplement demander son chemin, est clairement intimidé par la profondeur du bleu des yeux

de ma mère, ça ou par ses cinq années de célibat sans une once de nudité. Il tente de balbutier quelques compliments avec une maladresse que d'aucun trouverait touchante mais qui était en réalité juste maladroite.
Ma mère toutefois, toujours en quête d'un prince charmant, enfin la version quadra divorcé du prince charmant, c'est à dire un mec dont le gras du bide ne l'empêche pas encore de se regarder pisser, fait abstraction du côté approximatif de son approche et lui rend son sourire.
Ainsi a débuté une jolie histoire, dont je ne pouvais que me féliciter à tous points de vue. Pour ma mère déjà, elle qui avait eu le courage de partir, de tout quitter avec son fils en repoussoir à pénis, et puis un peu pour moi aussi, qui, à seize ans, âge auquel l'apparence et le confort financier ne sont pas anecdotiques dirons-nous pudiquement, étais assez content de passer en quelques mois de la Normandie au 75016. Nous n'étions pas uniquement intéressés par l'argent, mais comme tous ceux qui en ont un jour manqué, le confort que Philippe nous offrait en plus de son amour inconditionnel nous faisait nous sentir rassurés, pris en main, ce qui était un vrai changement pour ma mère et moi. J'ai toujours pensé que le sinistre abruti qui avait un jour décidé que l'argent ne faisait pas le bonheur avait

clairement dû naitre avec tout un service en argent Guy Degrenne vous savez où...Il faut vraiment n'avoir aucune crainte de l'avenir pour asséner autant d'idiotie au présent. Quand on a deux boulots et dix euros pour terminer le mois alors qu'on est que le six, on n'a pas vraiment le temps d'entamer une introspection ou une quête initiatique. Non, dans ces cas-là, il n'y a qu'une chose qu'on entame, c'est son capital-fierté, en acceptant n'importe quel job.
C'est ce qu'a fait ma mère à notre arrivée à Val-de-Reuil, sympathique bourgade populaire de l'Eure, rhétorique de gauche pour dire ville dortoir pour immigrés dont on ne veut pas ailleurs. Cette ville blockhaus, puisque constituée uniquement de béton, avait autant de charme qu'un parking de centre commercial un premier jour de soldes. Étriquée, anguleuse, elle n'était qu'un enchevêtrement de rues vides et de pavillons se ressemblant tous, implantés soigneusement au milieu de barres HLM grisâtres parce que tout de même, il fallait montrer le mélange des classes. Le résultat de cette ville sortie de terre par volonté politique utopiste a été à la hauteur de toutes les espérances : délinquance, sentiment d'abandon, isolement, trafics en tous genres, le paradis des dealers et l'enfer des flics du coin. Un jour, alors que je rentrais des courses seul, je m'y suis même fait accoster

en toute décontraction par un dealer de cocaïne qui voulait absolument me confier un sachet dudit produit dans lequel il devait au moins y avoir un kilo. Devant mon air interloqué, il m'a tranquillement expliqué que des flics en civil le suivaient et qu'il avait donc besoin de se débarrasser temporairement de son « matériel ». Il m'a rassuré en m'expliquant qu'il me faisait confiance pour en prendre soin, et que de toute manière, si je ne revenais pas le lendemain pour lui rendre, il était assez probable qu'il me retrouve et me tranche la jugulaire d'un coup sec. Heureux de cette amitié plantée sur des bases saines, je n'ai pas trop su quoi répondre à sa gentille requête. J'ai heureusement été sauvé par l'irruption des fameux policiers en civil qui ont fait décamper mon nouvel ami et m'ont sans doute évité de gros emmerdements. La mort quoi.
Heureusement, en partie aussi grâce à Philippe, nous n'y sommes pas restés longtemps, ce dont je lui suis très reconnaissant.

C'est à Saint-Jean-de-Passy que j'ai fait ma dernière année de lycée. Oui oui. Un carnet de notes acceptable et une très généreuse donation de beau-papa pour rénover le gymnase m'ont ouvert grand les portes de cet établissement prestigieux. Allez savoir lequel des deux éléments susmentionnés a fait pencher la balance...Après une période d'adaptation nécessaire, je suis passé avec une facilité déconcertante du maillot du PSG au polo Ralph Lauren. On peut même dire que je me suis découvert assez à l'aise dans ce milieu qui, s'il n'était pas le mien, s'est avéré être plus accueillant et moins superficiel que le portrait que l'on peut en dépeindre. J'ai compris alors à quel point un ado, qu'il vienne du fin fond de la Normandie ou de Paris seize, a strictement les mêmes préoccupations : l'amour, le sexe, et ses boutons d'acné. Dans le désordre. Je me suis donc fondu sans mal dans la masse, et ai commencé à m'épanouir dans cette nouvelle vie qui n'était pas dégueu, eu égards à ce que j'avais connu auparavant, sans faire Causette, car mes parents m'avaient toujours apporté tout ce dont j'avais besoin. Mais Philippe nous avait clairement fait changer de vie, au moins financièrement et affectivement. Et le tout sans jamais exiger quoi que ce soit de moi ou ma mère, en nous laissant temps et oxygène pour nous adapter. Philippe avait une passion pour ma mère, mais était surtout et avant tout un vrai gentleman.

3.

Assis sur le capot d'une voiture de patrouille barrant la rue Brochant, Rick et moi tentons de faire le tri dans ce que nous venons de voir. Ou pour être plus exact, chacun de nous cogite en silence, encore sonné par cette dernière demi-heure invraisemblable. Le bouillonnement du quartier ainsi que le crachin et les klaxons nous font sortir de notre stupeur. Rick va alors droit au but :

- Tu sais ce que je pense Léo, pas vrai ?!
- C'est impossible. Je sais que c'est un peu court comme argumentaire, mais c'est tout ce que j'ai. C'est impossible c'est tout.
- Mec, son mari est étendu au milieu de leur cuisine, un couteau planté dans le cou, il n'y a aucune trace d'effraction, il manque la moitié de ses affaires, elle est injoignable, et surtout…elle n'est pas là !!

Je laisse le silence accompagner ce raisonnement parfaitement juste et rationnel auquel je n'ai rien à opposer. Moi le soi-disant surdoué, je suis sans mot. La démonstration de mon ami tient la route, et j'ai beau essayer d'échafauder un scénario alternatif, toutes les preuves que la police a relevé dans la maison mènent à la même personne. Alice.

- Maintenant j'ai deux options Léo. Soit je dis à mes supérieurs que je connais la victime et je suis immédiatement dessaisi de l'enquête, soit…
- Je ne te demanderai jamais de te mettre en porte-à-faux tu le sais, et puis on n'a pas le même lien avec Alice, mais moi…
Je ne saurais dire si ne pas finir nos phrases est un signe d'entente parfaite entre nous ou un manque cruel d'inspiration, toujours est-il que nous avons laissé les mots finaux se perdre dans le silence de nos doutes. Rick ne savait pas quoi faire, ce qui ne lui arrivait pas souvent, quant à moi, j'étais déboussolé, perdu…

4.

C'est peu après la rentrée des classes que j'ai rencontré Richard alias Rick, mon alter-ego fleurissant du visage et chevrotant tardivement de la voix. Son surnom venant d'une conjonction de plusieurs facteurs aussi Has-been les uns que les autres : La série policière Rick Hunter, très en vogue à l'époque même si cela semble difficile à croire lorsqu'on y jette un œil aujourd'hui, la sitcom Ricky ou la belle vie que les puristes en séries pour ados ne peuvent pas ne pas connaître, et puis enfin, dans les années quatre-vingt-dix, les prénoms américains étaient très à la mode. Il valait beaucoup mieux se faire appeler Rick que Richard. Dylan que Jean-Claude. Bien que.

Mis à part le hasard, qui m'avait fait m'asseoir à côté de lui en classe le premier jour, nous avons eu immédiatement des atomes crochus. C'est assez déroutant d'ailleurs comme en général, les premières personnes que l'on rencontre dans un endroit nouveau, comme les vacances ou l'école, deviennent très rarement celles avec lesquelles on va finalement se lier. Comme si on avait tous besoin de ce rite de passage, de se confronter à l'erreur pour être sûr ensuite du choix de nos amis.
Avec Rick, c'est pourtant l'exact opposé qui s'est produit ! Nous nous sommes tout de suite entendus parfaitement. Nous avions les mêmes envies : cinéma, sport, musique...A part notre taille, Rick et moi étions en tout point opposés physiquement. Il était brun, ténébreux, la barbe fournie pour notre âge, quand moi je devais cesser tout rasage au moins trois semaines avant un rendez-vous pour avoir l'espoir d'un petit duvet. Pour ne rien arranger, j'avais aussi une coupe au bol qui se voulait un hommage à Kurt Cobain mais était en réalité plus proche de Mireille

Mathieu. Malgré toutes ces différences, Rick et moi nous ressemblions beaucoup. Ce dernier point étant un moindre avantage évidemment, car nous avions aussi une attirance pour le même type de femmes, et chacun sait que ce n'est jamais bon de voir s'immiscer une femme entre deux amis. Dans notre cas fort heureusement, les furoncles aidant, nous n'avons eu aucun conflit d'intérêt. Les filles, dans leur grande bonté et par respect pour notre amitié naissante, avaient décidé qu'elles n'interfèreraient pas entre Rick et moi en refusant systématiquement nos avances. Sympa.

Nous avons passé nos premiers mois ensemble à faire connaissance, à nous découvrir l'un l'autre, au gré des parties de foot et des longues heures dans nos chambres à causer, à imaginer le monde plus qu'à le refaire vu notre âge, mais surtout à nous aimer de plus en plus. Un amour fraternel aussi fulgurant que sincère, dont nous ne doutions ni l'un ni l'autre. Une de ces amitiés qui n'est possible qu'à cet âge-là, celui auquel on croit encore à l'absolu, au romanesque et à l'éternel. Celui des BFF (best friends Forever), des pactes de sang et des belles promesses, qu'on ne fait que pour mieux les briser. Pour grandir

et perdre un peu plus à chaque fois ses illusions.
Il est vrai que le cadre scolaire dans lequel nous évoluions était idéal : centre de Paris, équipements dernier cri, un peu de verdure dans la cour de récréation bref, l'opposé de ce cadre à la limite du carcéral que j'avais côtoyé jadis.
J'avais assez peu d'amis à vrai dire, sans doute à cause de ces fameuses origines sociales. Il n'y avait en effet guère d'élèves de mon « milieu » dans cette école, mais je m'en moquais totalement dans la mesure où j'avais vraiment trouvé en Rick une personne qui me comblait pleinement intellectuellement. Vif, percutant, drôle, il rayonnait dans les soirées, tandis que j'étais le cérébral, l'intello, le cynique. Nous nous complétions donc parfaitement. Nous formions chacun une partie de l'Être exceptionnel que nous voulions être. Argument qui ne suffisait pas à convaincre les filles de sortir avec nous. Mais ça viendrait...Par ailleurs, côtoyer tous ces gens de « l'élite » m'a permis de prendre conscience que la connerie est une de ces rares choses qui n'a pas de frontières ni de préjugés. Elle peut frapper aussi bien les grands que les petits, les riches que les pauvres et l'élite comme la base. Un concept universel qui avait encore de beaux jours devant lui à n'en pas douter.

A la fin du lycée, c'est tout naturellement que Rick et moi avons décidé de nous inscrire dans la même université. J'aimerais dire que c'était par vocation commune, mais soyons franc, c'était surtout pour rester ensemble ! Nous voulions devenir juristes Lui ambitionnait de devenir procureur, et moi bien-sûr, avec le cynisme qui était le mien, avocat de la défense. Nous passions nos soirées à nous imaginer en train de nous affronter au prétoire, moi en Maitre Vergès défendant Klaus Barbie, lui en Tom Cruise dans « Des Hommes d'honneur » ...oui, on a les héros que l'on mérite paraît-il. A défaut d'être crédibles, ces soirées donnaient lieu à de formidables joutes verbales qui ont révélé chez nous une vraie capacité d'orateur, les médisants diraient de tchatcheurs. Ce fut assez cathartique pour nous deux de constater le pouvoir des mots sur les autres. Et par les autres bien-sûr, je veux dire les femmes. Nous avons découvert mi stupéfaits mi extatiques ce qu'un peu d'éloquence et de prestance pouvait provoquer chez nos futures consœurs du barreau.

Pas mécontents de prendre enfin une petite revanche sur la disette famélique du lycée, nous nous sommes lancés à corps perdu dans l'Amour. Enfin, ce que nous, jeunes jouvenceaux, prenions pour de l'amour. En réalité un laborieux badinage qui se concluait parfois, lorsque la chance nous souriait ou l'alcool profusait, par un baiser voire une dose homéopathique de nudité. J'aurais adoré employer l'expression « une nuit d'amour », mais qui, puceaux mis à part, croirait un seul instant qu'un jeune homme de dix-huit ans qui découvre le sexe serait capable de cabrioles nocturnes la nuit durant. Non, soyons lucides, nos folles nuits de sexe étaient plus proches de soixante secondes chrono que de cinquante nuances de Grey. Mais cela nous importait peu, nous découvrions un monde nouveau, un monde dans lequel nos qualités étaient enfin reconnues et nous permettaient de vivre. Enfin. Ces deux premières années de fac ont été parmi les plus belles de ma vie, entre insouciance et émancipation. Et ce, même si j'ai ensuite décidé de bifurquer vers la médecine avec pour ambition modeste d'y devenir le André Vésale moderne.

5.

Rick et moi décidons de consacrer le reste de la journée à fouiller la maison de fond en comble afin d'y trouver sinon un indice ou une piste, au moins un début d'explication. Rick commence par la chambre nuptiale, probablement pour ne pas me mettre mal à l'aise même s'il n'en dit rien. Je décide quant à moi d'aller jeter un œil à la cave. Je me sens vraiment mal et même si la situation le justifie pleinement, j'ai ce sentiment coupable de violer l'intimité d'Alice, d'être intrusif alors qu'elle a volontairement décidé de me rayer de sa vie. Mais mon envie de la retrouver et surtout de comprendre reprend vite le dessus. Il faut absolument que nous trouvions quelque chose pour ébaucher un scénario qui tienne la route. Malheureusement, nous découvrons davantage de breloques et autres vieux souvenirs poussiéreux que d'indices nous mettant sur la piste d'Alice. J'ai tout de même un moment d'émotion lorsqu'au hasard d'un placard, et sous une pile de vieux journaux, je tombe sur mes lettres. Elle les avait gardées. Peut-être ne suis-je pas devenu un étranger complet finalement. Je ne peux m'empêcher de les relire, redécouvrant avec un sourire empreint de nostalgie ces mots de jeune épris que j'avais choisi de lui écrire pour lui exprimer mon amour intarissable. Tant d'épreuves sont passées par là depuis ces années bénies où elle et moi nous aimions passionnément et où notre seul problème était de trouver les bons mots pour le dire. Il y avait dans la candeur de mes mots doux les derniers vestiges de mon innocence et de mon optimisme. J'avais donc aimé le monde à une époque. Cela me semble si loin…

De retour à la maison après une journée qui a soulevé un nombre incalculable de questions sans réponses, j'essaie de rassembler mes idées et de réfléchir avec logique plus qu'avec mes émotions. De ce que j'en sais, Vincent n'a jamais été violent avec Alice, ils semblent même avoir une vie heureuse, autant que faire se peut. Quelle raison aurait pu pousser Alice à le tuer si sauvagement et prendre la fuite ?
Encore des questions, toujours pas de réponse. Je décide de faire une pause et de me préparer un sandwich. Alors que j'étale consciencieusement le beurre sur le pain, un détail de la scène de crime me fait bondir de ma chaise. Comment le couteau peut-il traverser le cou de Vincent de droite à gauche alors qu'Alice est droitière ? Ce n'est pas logique, le couteau devrait être dans l'autre sens ! Pour la première fois de la journée, j'ai une sensation positive, une ébauche d'indice qui peut me laisser espérer qu'elle est étrangère à ce carnage. J'appelle Rick pour lui faire part de ma trouvaille, mais alors que je m'attendais à des félicitations et de l'enthousiasme, je suis immédiatement douché dans mon élan optimiste.

6.

Les années de fac se sont passées sans encombre ni anicroche. Nous enchainions les soirées et autres sorties, et comme tout étudiant, attendions les vacances suivantes avec impatience. Je faisais partie de la masse, du ventre mou de la classe, sans crainte du redoublement ni triomphes notables. Je n'avais à cette époque rien de particulièrement remarquable.
Et puis un jour, sans m'y attendre, je suis devenu un homme. Enfin, un jour je l'ai rencontrée, et un an plus tard, je suis devenu un homme. Ce qui est assez cocasse, c'est que même là, Rick et moi étions en symbiose. Quelques mois avant que la foudre s'abatte sur mon petit cœur frêle, il avait en effet évoqué une jeune femme, Alice, qu'il voyait de temps à autre pour, comme il aimait le dire, s'entretenir un peu. Autant dire, rien d'une histoire d'amour, plutôt deux cœurs solitaires qui prenaient du bon temps. Il me l'avait tout de même présentée. Petite, très brune, les yeux en amande, la peau mate, probablement avec des origines proche-orientales, Alice était une jeune femme belle mais surtout dotée d'un charme fou. Elle avait ce sourire

pudique des gens qui ont peur qu'on lise en eux, et dans son regard ébène perçant un très léger strabisme qui vous faisait vous sentir démasqué à l'instant où elle posait ses yeux sur vous. Elle avait par ailleurs un caractère qui ne laissait personne indifférent. A la fois réservée et intransigeante, elle pouvait rester en retrait et surgir à tout moment d'une conversation lorsqu'elle sentait ses valeurs ou convictions bafouées. Elle devenait alors pugnace, déterminée et parfois même agressive et emportée. J'imagine qu'on pouvait l'aimer ou la détester après une simple soirée.
Ceci étant dit, et malgré ce descriptif flatteur, aucun feeling particulier n'était passé entre nous à cette époque, et assez vite, leurs petits cinq-a-sept s'étaient achevés comme ils avaient commencés. Sans histoire. Alice avait rencontré quelqu'un et était simplement passée à autre chose.

Quelques mois plus tard, Rick et moi nous sommes inscrits à un voyage au ski proposé par le BDE (bureau des étudiants pour les profanes) de l'université. Sept jours de rêve entre potes en Haute Savoie, le tout subventionné à cinquante pourcents par la fac, bref, le paradis option hormones en fusion. Nous avons été nombreux à nous inscrire, aussi c'est en arrivant sur place que nous avons peu à peu découvert les autres

étudiants occupant les appartements mitoyens. Parmi eux, Alice.
Passée la surprise et le petit moment de malaise de Rick, nous avons passé une semaine splendide à enfiler les pistes et enchainer toutes les nuits (et non l'inverse). Un soir, le hasard m'a fait m'asseoir à table à côté d'Alice. Nous avons passé la soirée à papoter de tout et de rien, à en apprendre un peu plus l'un sur l'autre, en toute camaraderie. Née à Paris, elle avait effectivement des origines de sang mêlé, entre Israël, Égypte et...Picardie. Elle avait d'ailleurs grandi là-bas, dans un de ces villages où tout le monde se connaît et où une certaine idée de la solidarité et d'un monde optimiste existent encore. Au fil de la soirée, elle m'a raconté un peu sa vie, gardant sa part de mystère bien-sûr, mais me permettant tout de même de me faire une idée assez précise de la femme qu'elle était aujourd'hui et que j'écoutais avec un intérêt croissant. Elle aimait l'art, notamment la photographie, elle pouvait lire Dostoïevski autant que Marc Levy, et je l'ai compris assez vite, elle avait surtout une véritable curiosité, une appétence pour la vie et la culture. Elle était ce mélange subtil de profondeur et de légèreté, de ces êtres qui peuvent s'émerveiller d'un sourire d'enfant au beau milieu d'une conversation géopolitique.

Son copain, qui n'était pas là (l'inconscient lorsqu'on sait que ces séjours deviennent généralement synonymes de baisodrômes) s'appelait Nasser, elle avait l'air bien avec lui, sans plus d'hystérie. Très curieuse elle aussi, Alice m'a ensuite posé des questions sur ma vie que je lui ai résumée en choisissant soigneusement les passages les plus laudatifs. Nous parlions bien, c'était simple et naturel.
Mais comme c'est souvent le cas dans ces soirées, nous avons rapidement été interrompus par nos congénères avinés, et chacun a repris sa petite route sans plus s'interroger sur le moment qui venait de se passer. Mais au moment d'aller me coucher, je ne sais pas bien pourquoi, j'ai été pris soudainement de l'envie d'aller la voir, simplement pour lui souhaiter une bonne nuit. A ce moment-là, rien en moi ne laissait présager le moindre sentiment naissant, en tout cas je n'y pensais pas. Mais alors que j'allais entrer dans sa chambre, j'ai été interrompu dans mon étrange élan par Rick, qui avait visiblement pris un peu d'avance sur la téquila. Il m'a entrainé avec lui en me disant avec cette poésie que lui seul pouvait réciter avec brio :
« Faut que tu voies la bonnasse là-bas elle défonce ! »
Vaste programme dans lequel j'ai été happé malgré moi. Mais dans cette mélasse

cotonneuse alcoolisée, Alice et moi avons échangé un regard. Elle m'a souri, mi-amusée mi- surprise, sourire que je lui ai rendu, embarrassé par la situation.
Et ce fut tout. Rien de plus ne s'est passé, à part ce sentiment bizarre persistant en moi, sur lequel je ne parvenais pas à mettre de mots, même si rétrospectivement cela semble évident. Mais j'avais à l'époque à peine vingt ans et mon adolescence chaotique ne m'avait pas permis d'identifier les signes de l'amour. J'étais encore vierge de ces sentiments si particuliers qui peuvent tour à tour vous transporter comme aucun autre et vous terrasser de désespoir, le tout dans la même journée. J'allais malheureusement rattraper mon retard en la matière plus rapidement que je ne l'aurais souhaité.
Je n'ai pas particulièrement cherché à revoir Alice après ce moment troublant. D'ailleurs je ne l'ai pas revue. En tout cas jusqu'à la fin du séjour, où nous avons tous pris le train, soit pour rentrer à la fac, soit dans nos familles respectives pour les fêtes.
Tandis que je tirais péniblement ma valise sur le quai enneigé pour atteindre mon wagon qui, naturellement, était à l'opposé du train, je l'ai aperçue au loin, assise sur son sac, en train d'envoyer un texto. Elle portait sa doudoune blanche et son bonnet noir pour le ski. Privilège de la jeunesse, elle

n'était pas maquillée pour un sou et ça lui allait divinement bien. Je me suis approché, et comme nous avions quelques minutes devant nous, nous avons repris nos échanges et conversé un bon quart d'heure à bâtons rompus. Elle me regardait toujours avec ces yeux qui disent à la fois « je veux en savoir plus de toi », et « je t'ai à l'œil ». Je me sentais simplement bien, bercé par ce sentiment, nouveau pour moi, d'être exactement là où je voulais être. Je ne cherchais pas à immortaliser en moi cet instant, j'en profitais.
C'est lorsqu'elle est montée dans son train et que nous avons échangé un dernier regard que j'ai compris. Enfin. J'allais aimer follement cette femme, et dans cet ultime regard la promesse de nos sourires gênés était un serment de se revoir. Aucun de nous n'avait ressenti le besoin de mettre des mots dessus. Nous le savions, c'est tout.
Je suis resté là, groggy, un peu par le froid soyons honnête, mais surtout par ce qu'il venait de m'arriver. Pour la première fois de ma vie, j'aimais. Éperdument, follement, inconsidérément. Moi le cartésien, le cynique, le désillusionné de l'amour avant d'avoir eu la moindre illusion, moi qui pensais qu'on aime pour se trouver beau plus que pour partager, j'étais défragmenté par ce qu'il fallait bien appeler un coup de foudre. Un vrai. Celui où l'on voit l'éclair

quelques instants avant d'entendre la foudre, sans pouvoir faire quoi que ce soit pour l'éviter. J'avais vu Alice plusieurs fois pourtant, mais je n'ai rien pu y faire, je suis tombé amoureux d'elle plus que de la vie même…

Emporté par cette vague de bons sentiments, qui dans d'autres circonstances m'auraient probablement fait gerber, j'avais tout de même eu le réflexe de prendre son numéro de portable. Le texto avait fait son apparition quelques rares années auparavant, aussi les heures suivantes ont été employées à la rédaction d'un sms. Tâche qui s'est avérée d'une complexité insoupçonnée jusqu'alors. J'ai demandé conseil à Rick qui, avant de m'aider, a pris tout le temps nécessaire pour trouver un quolibet le plus moqueur possible sur le fait que, quoi qu'il advienne entre Alice et moi, et là je le cite « je me la serai faite avant toi mon pote ! » Passée la vexation, je me suis raccroché au fait que les deux situations n'avaient rien à voir, et qu'entre Alice et moi il allait s'agir d'une histoire d'amour, pas de sexe-friends ! Une de ces passions qui sur le moment vous fait voir la vie comme un horizon sans limite, un torrent d'émotions et de plénitude, et qui généralement se termine dans un nuage de brume, celle de vos

larmes qui obscurcissent votre regard tandis que vos idées deviennent plus claires.
Malgré cette vision un peu défaitiste, j'étais prêt pour cet Amour-là. Celui d'une vie. Celui qui vous emporte, vous happe et dont vous savez qu'il vous rendra à la vie différent de celui que vous étiez. Pour le meilleur ou pour le pire.
Galérer autant pour trouver les bons mots à mettre sur mon texto m'avait au moins permis d'en mettre sur mes sentiments. De prendre brutalement conscience du tremblement de terre intérieur qui venait de m'ébranler totalement. Et c'est sur le champ de ruine de mes pensées d'adolescent qu'allait naitre ce jour-là l'adulte que j'allais devenir. Un bon neuf sur l'échelle de Richter du trop-plein d'émotions qui allaient me faire vivre l'année la plus incroyable de toute ma vie.

Après pratiquement deux heures de tergiversations passées à corriger le moindre mot, la moindre virgule :
Moi : Tu crois que je lui écris « ça me ferait plaisir » ou « je kifferais bien » ?
Rick : t'es sérieux là ?
Moi : quoi ?! c'est important les mots, tu le sais bien !
Rick : oui enfin là...moi quand je me la suis faite, je me suis moins pris la tête que ça...

Moi : Merci de me le rappeler pour la deux-cent-quarante-troisième fois en deux heures, c'est vraiment sympa, et ça m'aide en plus !
Rick : ok, pardon. Bon, mets « j'ai envie de », c'est bien ça « j'ai envie de », ça fait déterminé, pugnace !

Je vous épargne la fin des négociations sémantiques, toujours est-il que j'ai fini par envoyer le texto à Alice. Un texto à soixante centimes d'euro car oui, à l'époque, le sms était facturé au nombre de caractères. La préhistoire numérique. Au moment de presser la touche « envoi » de mon Nokia 3310 flambant neuf, mon cœur brisait une à une mes côtes dans son apparent désir de quitter la mal nommée « cage » thoracique. Étrange en effet que le seul organe du corps épris, de sentiments, de liberté surtout, soit le seul à être enfermé.
Le réseau téléphonique cellulaire étant ce qu'il était au début des années deux-mille (c'est du moins ce que je me disais pour me rassurer), j'ai dû patienter trente bonnes minutes pour avoir une réponse. Nous avons alors commencé à échanger sans retenue sur cet improbable avenir qui nous attendait. Nous ne nous étions alors même pas embrassés, pourtant elle me confiait déjà ses peurs. De moi en particulier, de mon côté cynique (moi ? non !) et de sa peur que je me moque un peu d'elle et qu'elle se

retrouve seule. Je me suis permis de souligner qu'avant de se poser des questions existentielles, le principal obstacle à notre amour fou était pour moi...son mec !
J'aurais aimé à cet instant trouver les bons mots à lui écrire pour lui montrer à quel point j'étais chamboulé, et déjà, sans aucune raison rationnelle, complètement fou d'elle. J'aurais aimé. Mais je reste un garçon, je ne suis donc pas parvenu à ouvrir ce robinet à sentiments qui hier encore me révulsait tant.
J'avais tout de même compris que ce qu'elle attendait de moi, c'était une preuve de ma véritable envie d'essayer quelque chose, de tenter l'aventure. Aussi ai-je pris une décision aussi soudaine que judicieuse.
Une fois rentré dans mon Paris d'adoption, en guise d'ultime sms de la soirée, je lui ai proposé, preuve de mon envie, de venir dès le lendemain la retrouver.
Mon téléphone a sonné dans les trois minutes qui ont suivi. Elle m'a rappelé dans un éclat de rire, mi- sincère mi- provocateur, qu'elle était dans son village picard pour les fêtes. C'est son air « même pas chiche » qui m'a convaincu définitivement. J'avais subtilement obtenu dans la conversation l'adresse de ses parents, je n'avais besoin d'aucune autre information pour aller la surprendre. Pour m'assurer de son envie, je n'ai rien confirmé au téléphone, et je l'ai senti imperceptiblement dans sa voix, elle

était déçue que je ne lui annonce pas mon arrivée toutes affaires cessantes.

7.

Lorsqu'elle a ouvert la porte de la maison de ses parents, Alice n'en croyait pas ses yeux. Elle si prolixe, elle était là, sur le perron, interdite. Après quelques secondes qui nous ont paru à tous deux une éternité, un sourire a illuminé son visage, un mélange de bonheur et de colère feinte de s'être fait berner. Il nous a bien fallu dix minutes pour parvenir à tenir une conversation, tant nos retrouvailles, aussi inattendues qu'heureuses, nous avaient chamboulées. Nous étions très tendus, car si nous nous étions déjà dit nos sentiments naissants par téléphone, nous n'avions pas encore franchi le pas...Je balbutiais encore mon amour à cette époque de ma vie, et Alice, même si elle avait un peu plus d'expérience et de confiance en la matière, était aussi stressée que moi. Les regards se faisaient fuyants, les gestes empruntés, et même si nous n'avions alors qu'une seule envie, celle de nous étreindre et de ne plus jamais nous lâcher, il a fallu passer par ce rite de passage qu'est la période de « l'avant ». Ce moment où tu sais qu'il va

peut-être se passer quelque chose mais où tu ne sais pas comment t'y prendre pour le concrétiser.
Pour désamorcer un peu l'étrangeté de la situation, Alice et moi avons décidé de quitter le domicile familial. Tout en marchant vers « A la bonne tartine », un petit restaurant proche de la maison de ses parents, nous chassions nos appréhensions en reprenant nos conversations où nous les avions laissées la veille, nos yeux ne pouvant pas plus se quitter que nous. Une fois assis à table, nous avons commandé presque au hasard, tant le menu du repas était la moindre de nos préoccupations. Nous parlions, nous observions, nous nous cherchions, tant du regard que de ces caresses frôlées, ces esquisses d'étreintes, tout en continuant à parler de tout et de rien. Ceci dit, ces conversations en apparence anecdotiques me permettaient tout de même d'en apprendre davantage sur elle : son parcours scolaire, son nombre de frères et sœurs, le nom de ses amies les plus proches...Et ce même si je savais que toutes ces banalités n'avaient qu'un seul but : meubler le silence en attendant d'avoir enfin le courage de passer à la conclusion...Mais j'étais heureux qu'elle me parle d'elle sans ambages. Je faisais d'ailleurs la même chose. Je lui racontais le divorce de mes parents, mes errements

scolaires ou notre expatriation normande temporaire. Pendant que je parlais, je ne pouvais m'empêcher de frissonner rien qu'à sentir la manière dont elle posait ses yeux sur moi pour m'écouter. J'étais transpercé.

Après un certain temps, enfin, il y a eu un silence. Un silence de confiance. Un silence d'évidence...alors nous nous sommes regardés, et à cet instant précis, il n'y avait plus rien d'autre au monde. Juste nous deux, tombant amoureux au milieu de clients ne se doutant pas un instant que deux vies étaient en train de basculer pendant qu'ils dégustaient leur pizza probablement surgelée. Après ces quelques secondes suspendues dans le temps, mon regard s'est glissé tendrement de ses yeux vers ses lèvres, je me suis approché, doucement, fébrile, et ai tenté de l'embrasser. A ce moment, elle s'est reculée légèrement...ce qui a provoqué l'effondrement total et absolu de toute confiance en moi, en nous, en mon pouvoir de séduction et même en mon hygiène buccodentaire.
Toujours souriante, Alice a posé délicatement son index sur mes lèvres, m'a regardé comme on ne m'avait jamais regardé, comme si elle voulait, une ultime fois, nous observer avant que la passion nous emporte. Je me suis laissé faire, incapable du moindre mouvement, hypnotisé

par son regard, si perçant qu'elle semblait lire mon âme, puis elle s'est approchée, lentement, très lentement, toujours ses pupilles écarquillées par le désir plantées dans les miennes qui ne l'étaient pas moins, puis, dans un ultime geste, elle a fait glisser son doigt de mes lèvres pour y poser les siennes. Ce baiser, d'abord tendre, doux, presque une caresse, est devenu peu à peu humide, tremblant, puis fougueux comme la passion qui nous étreignait à cet instant précis.

Passé ce moment que les annales de ma vie amoureuse catalogueront indubitablement comme l'un des plus excitants, enivrants qu'il m'ait été donné de vivre jusqu'alors, nous n'avons pas vraiment eu le temps de profiter de l'instant. Étant venu par surprise et à la hâte, je n'avais guère eu le choix dans les horaires de train. Nous avons tout de même fait une promenade dans les rues de cette charmante ville, et tandis que nous marchions en direction de la gare, je sentais la chaleur de sa main dans la mienne et le ravissement de ses sourires et pommettes rieuses, extatiques tout comme moi de ce moment de magie partagée.
Dans le mal nommé TGV eu égards à sa propension statistiquement extraordinaire aux retards et pannes diverses, j'étais sur un nuage. Arrivés sur le quai nous avions fait

une sorte de remake moderne de Casablanca version gare bondée et odeurs douteuses. Un tantinet convenu comme au revoir, mais l'amour se bâtit naturellement sur cette dose de clichés qui vous fait vous sentir comme les autres tout en ayant la certitude de vivre quelque chose d'unique. Paradoxe des sentiments.
Avant de nous quitter, nous n'avons pas ressenti le besoin de verbaliser les dernières heures passées ensemble. Comme si la concrétisation de nos sentiments était une telle évidence qu'il n'était nul besoin d'en parler. Nous nous sommes contentés de nous étreindre, et de nous regarder inlassablement, un sourire radieux émanant de chacun de nous, sourire qui m'emplissait d'un bonheur fou alors qu'il devait me faire paraître complètement idiot. Il ne me m'a d'ailleurs pas quitté tout le trajet du retour, rêvassant à ce baiser fougueux et fantasmant à ceux qui allaient suivre. La douceur de sa peau, de ses lèvres, m'avaient transporté au point que j'étais toujours hyperesthésique une fois dans le train. Tant et si bien que dès que la manche du blouson de mon voisin de trajet m'effleurait, je faisais un bond sur mon siège comme s'il m'avait caressé la cuisse.

***

8.

- J'ai une très mauvaise nouvelle, attaque Rick sans préambule.
- Il se trouve qu'il y a des caméras de surveillance dans toute la rue, et sur l'une d'elle, on voit clairement Alice sortir de la maison quelques minutes seulement après l'heure supposée de la mort de Vincent.
J'en reste sans voix. Elle était là ! Elle était là et on la voit s'enfuir...Mon esprit déjà confus commence à perdre pieds.
- Et c'est pas tout Léo. Il faut que tu saches qu'on vient officiellement de lancer un mandat d'arrêt contre Alice. A partir de maintenant, tous les flics de la région vont la rechercher. Tu peux plus rien faire pour elle mec, je suis désolé.
Rick raccroche rapidement et je reste un long moment, hagard, les mains entre le beurre et les cornichons de mon sandwich au jambon, à chercher dans mon appartement quelque chose à regarder pour simplement retrouver mes esprits. C'est donc comme ça que ça se termine. La femme que j'ai le plus aimé au monde est

une meurtrière. Je me suis trompé sur tout, tout le temps. Ce sentiment intime de la connaître mieux que quiconque, cette prétention de pouvoir lire en elle comme dans un livre ouvert, tout cela n'était donc qu'illusion et errements amoureux.
C'est en mettant des mots sur mon incrédulité que la réponse m'apparait. Je me moque complètement de savoir si elle l'a tué ou non, il faut que je la retrouve, il faut que je sois là pour elle. Cette pensée me terrifie au plus haut point. Moi qui ai renoncé depuis longtemps à croire en la bonté humaine, en la charité et en l'espoir au point d'être devenu au fil des ans un associable égocentrique au dernier degré, je suis prêt à mettre ma vie en péril pour l'aider envers et contre tout. Vertigineux.

La journée a été à bien des égards éprouvante, aussi je décide de forcer mon cerveau en ébullition à déconnecter. J'allume la télévision et zappe au hasard. Je finis par tomber sur une rediffusion d'un épisode de Friends. Un des plus drôles en l'occurrence, lorsque garçons et filles échangent leur appartement sur un pari perdu. Même si cela a pris quelques minutes, je finis par me laisser emporter par les répliques savoureuses et me surprends à rire franchement, ce qui est, vu le contexte, déjà une prouesse. A part le grain de

l'image, cette série géniale n'a pas pris une ride et les réparties s'enchainent avec toujours autant de rythme que lorsque je les ai entendues pour la première fois au milieu des années quatre-vingt-dix. C'est à vrai dire la seule série que j'ai dû voir au bas mot deux cents fois. Les histoires des personnages, en plus d'êtres hilarantes, m'ont suivi tout au long de ma vie, si bien qu'à chaque période charnière, je peux redécouvrir les péripéties de Chandler, Monica, Ross et les autres : les affres du déménagement, les déconvenues amoureuses, les changements d'emploi sont autant d'occasions de revoir un épisode avec une lecture un peu différente, mais toujours cette même constante : le fou rire permanent.
J'enchaine comme cela quelques épisodes, seul avantage des chaines de télévision de seconde zone qui, pour remplir leur grille de programmes quotidiens, empilent les épisodes de vieilles séries vues et revues comme on enfile les perles, le tout dans le plus grand désordre narratif possible.
Ainsi, alors que va s'achever l'épisode TOW Ross finds out (les puristes comprendront) sans aucune suite logique avec l'épisode précédent donc, sur ce premier baiser phénoménal, monumental, sublimé par la chanson « with or without you » du groupe U2, mon portable vibre pour m'indiquer que

j'ai reçu un sms. Avant même de regarder son expéditeur, je le maudis de m'avoir fait rater la scène la plus mythique de mon show préféré. De surcroit, je vois sur mon écran qu'il s'agit d'un numéro inconnu. Encore un de ces textos dans lesquels on vous explique que vous avez été sélectionné pour je-ne-sais-quoi et qu'il suffit de rappeler pour récupérer son cadeau. Sept Euro la minute. Histoire de me distraire, je l'ouvre malgré tout. Je suis à nouveau d'une assez bonne humeur, et j'ai hâte de lire le dernier subterfuge à la mode pour me faire casquer. Ce que j'y trouve lorsqu'il apparait sur l'écran de mon iPhone me laisse pantois. Il n'y a aucun texte. Seulement une photo. La photo d'un quai de gare vide. « Notre » quai de gare. Je pars dans la minute…

9.

Rentré dans mes pénates pour les fêtes, j'ai passé jours et nuits à me languir de nos retrouvailles. Nous avions heureusement les téléphones portables qui nous permettaient d'entretenir le lien. Enfants des années quatre-vingt, nous étions la première génération à pouvoir nous aimer par sms.

Aussi excitante qu'était cette révolution technologique dans les relations amoureuses modernes, elle en était encore, au début des années deux mille, à ses balbutiements. Nous découvrions ainsi la difficulté d'écrire l'amour. Cela peut paraître idiot, mais les générations précédentes, disons celles des années soixante et soixante-dix, avaient un peu perdu l'art de l'écrit et la science ne permettait pas encore d'y pallier. Nous essuyions donc les plâtres d'une nouvelle manière d'aimer. La distance faisant, Alice et moi étions d'ardents acteurs des déclarations enflammées par texto interposé. Exercice qui je dois le dire m'excitait au plus haut point ; j'avais en effet toujours eu une passion pour l'écrit, aussi cet exercice un peu nouveau me donnait l'impression d'être un hybride entre Cyrano de Bergerac rédigeant pour Christian et Jean-Paul Sartre écrivant à Simone de Beauvoir. Le talent en moins cela va de soi.
C'est grâce à cette merveilleuse invention que nous avons pu passer les fêtes sans nous voir et sans mourir d'amour. Dès la fin des agapes de fin d'année, Alice est revenue à l'université, ce qui a facilité grandement nos rencontres. La première d'entre elles devant être l'une des plus marquantes. Étant officiellement un couple, j'étais allé accueillir Alice sur le quai de la gare. Nous reprenions en quelque sorte exactement là où les

choses s'étaient interrompues entre nous quelques jours plus tôt. A un détail près : Alice avait profité de cette séparation géographique forcée pour mettre les choses au clair et rompre avec son copain.
Alors que j'attendais fébrilement l'entrée en gare du TGV, je ne pouvais m'empêcher d'appréhender les retrouvailles : et si elle était déçue ? et si elle avait changé d'avis ? et si elle ne voulait plus de moi ? et si j'étais l'homme le plus stressé du monde ? J'obligeais mon esprit à se concentrer sur le tableau d'affichage pour ne pas devenir complètement marteau, mais ces questions de jeune amoureux transi me taraudaient au point que je ne pouvais empêcher plusieurs parties de mon corps de hoqueter nerveusement, jambes et mains en tête de peloton. J'observais ces gens si différents rassemblés sur le quai, attendant un proche, un rendez-vous, chacun dans son monde, certains fébriles, guettant et cherchant du regard, d'autres blasés, mais tous regardant dans la même direction. Je n'étais pas le moindre d'entre eux, heureusement, le train a eu la courtoisie, une fois n'est pas coutume, d'arriver à l'heure. Je scrutais frénétiquement cette vague de gens émergeant de leur torpeur wagonnée, espérant y croiser le regard de ma promise. Mais c'est elle qui m'a vu la première. Quand mon regard s'est posé sur elle, Alice était

déjà en train de sourire et de me regarder. Et ce simple sourire de loin a suffi à évaporer mes craintes : on ne pouvait décemment pas sourire à quelqu'un de la sorte sans être follement épris. Bizarrement, quand nous avons été à distance raisonnable, aucun de nous n'a vraiment su comment s'y prendre. A tel point que notre maladresse nous a fait manquer nos lèvres lorsque nous nous sommes enfin décidés à nous embrasser. Le résultat en a été une sorte de bise lèvrée un peu gênante. Mais peu nous importait. Nous étions ensemble et c'était de très loin l'essentiel.
Le soir, nous sommes allés dîner dans un restaurant asiatique du douzième arrondissement parisien. Nous étions alors plus détendus, commençant à trouver nos marques et des sujets de discussions pour penser à autre chose qu'à ce qui devait se produire le soir même.
Car bien entendu, le restaurant était très loin d'être le point d'orgue de cette soirée ; nous avions en effet prévu de passer la nuit ensemble...ce qui je dois le dire faisait ressurgir exponentiellement mes angoisses de tout. J'avais très envie de cette nuit bien-sûr, mais comme tout débutant sexuel, ma peur panique de l'événement était aussi largement élevée. Peur renforcée par ma lecture assidue de Houellebecq et plus particulièrement des Particules élémentaires,

erreur fatale pour un jeune homme en pleine découverte qui pouvait grâce à Michel répertorier plus de quinze possibilités de fiasco nocturne. Merci.

Le drame ne s'est pourtant pas produit. Alice comme je l'ai dit était plus expérimentée que moi. Y compris à ce niveau-là. Elle faisait donc tout pour que les choses se passent bien. Pas de pression, pas d'exigence. Et puis ce naturel naissant entre nous déjà. Rentrés à son appartement, tout s'est passé comme le jeune névrosé que j'étais déjà espérait que cela puisse se passer. Et mieux encore. Ça a été long, ça a été tendre, ça a été...progressif. Les baisers sur le canapé ont migré vers le lit en y perdant au passage un pull par ci, une chaussure par là. Les choses se faisaient calmement, sans même qu'on s'en aperçoive à vrai dire. Si nos gestes étaient empruntés, si nos mains étaient mal habiles, nos deux cœurs et nos deux âmes battaient à l'unisson. Passée la découverte première des courbes de l'autre, j'ai découvert avec un émerveillement teinté de soulagement comme nos deux corps s'aimaient autant que nous. Sa peau sur la mienne était d'une douceur incroyable, et ma main se baladant sur elle était en émoi comme je ne pensais pas qu'une main pouvait l'être. Cette tendresse, cette chaleur fébrile, cette approche mutuelle des

premières caresses à peine effleurées se sont transformées peu à peu en une passion frénétique, chaude et animale. Même moi qui avais la fâcheuse habitude de toujours tout conscientiser, verbaliser, je m'abandonnais tout entier à ce moment fabuleux sans pensée. Cet instant où les sens prennent le pas sur le cerveau, ce moment à la fois régressif et jouissif où l'on redevient sauvage et primaire pour être finalement, l'espace d'un bref instant, en osmose totale, orgasmique et puissante. Où chaque ondulation du corps, chaque cambrure et chaque murmure de plaisir devient moite, nerveux, régulier, agité pour s'achever dans une apothéose incroyable.
Puis ce souffle haletant. Cette conscience qui revient tandis que la moiteur de nos corps se rappelle à nous dans un frisson de plaisir mêlé, puis ces caresses, ces essoufflements qui se parlent l'un à l'autre, comme un remerciement partagé de ce moment de magie. Et puis enfin, les regards qui se croisent dans un sourire reconnaissant, avant que chaque être retrouve son individualité, que cette fusion s'achève. Pour mieux revenir ensuite.
Oui, on peut dire que notre première partie de jambes en l'air a été une réussite. Et tant pis pour Houellebecq.

Avoir franchi tous ces caps m'a franchement détendu. Le début de notre histoire est ainsi devenu une sorte de régal permanent où les moments intimes se mêlaient joyeusement aux franches rigolades. Alice, tout comme moi, aimait parler du monde. Nous passions des soirées entières à disserter tour à tour sur la géopolitique mondiale, le climat et ses problématiques, l'histoire de France...Nous n'étions pas toujours d'accord, mais ces soirées de longues discussions étaient pour nous deux à la fois enrichissantes et autant de moments pour apprendre à mieux nous connaître. Et bien évidemment nous avions aussi de nombreuses conversations sans aucun intérêt. Mais les unes comme les autres nous permettaient de développer ce qui allait devenir une évidence jamais démentie malgré notre rupture : notre symbiose d'âmes.

Nous nous sommes installés dans une relation aussi intellectuelle que charnelle, ce qui était une première notable me concernant. Je n'avais en effet jusqu'alors jamais franchi avec aucune femme le premier pallier dit de l'attirance physique. J'avais toujours fini par m'ennuyer ou par ennuyer l'autre suffisamment pour que tout se termine en eau de boudin. Je vivais donc au jour le jour, un peu à l'aveugle et dans la découverte permanente et angoissante de ce qu'est une véritable vie commune : une

alternance de moments exaltants et de routines lénifiantes. Car oui, même avec Alice, et malgré mon amour shakespearien, il y'a eu durant l'année qu'a duré notre « nous » des moments d'ennui et de quotidien.
Retards, cours, courses, programmes télé désaccordés, soirées en solo, autant d'occasions pour moi de retomber un peu de mon nuage. Mais à vrai dire je m'en moquais éperdument à partir du moment où je savais que nous allions nous retrouver. Je me surprenais même à accepter tous ces moments qui font la vie quotidienne, ce qui me rendait heureux car je pensais alors que cela voulait sûrement dire que j'étais prêt pour la vie à deux. Toute la vie. Et je ne pouvais imaginer meilleure personne qu'Alice pour me projeter vers des horizons lointains.
Moi qui avais toujours eu peur de ces lendemains qui déchantent, de ces après qui déçoivent, j'encaissais presque sans broncher les platitudes du bonheur simple.
Nous prenions sans même nous en apercevoir un rythme de croisière, fait de soirées seules à réviser, chacun dans sa chambre étudiante, et de retrouvailles le temps d'un week-end, d'un dîner ou d'une échappée belle romantique. Et cela m'emplissait de joie et de sérénité. Bizarre.

Passés les premiers mois de passion absolue, nos automatismes sont devenus presque effrayants. Nous nous connaissions de mieux en mieux, et plus le temps passait, plus nous étions capable de deviner l'autre sans un mot, sur une moue, une inflexion de voix, un hochement de tête. Bien-sûr et comme toujours avec l'amour, rien n'était facile. Il y'avait des engueulades et des désaccords, mais, même dans ces moments-là, demeurait une osmose presque télépathique entre nous : ce que nous identifiions comme étant l'Amour sans savoir vraiment si cela en était. De ce point de vue en tout cas, Alice et moi avions trouvé chez l'autre une véritable âme-sœur, une de ces rencontres de toute une vie, quoi qu'il arrive ensuite.

Assez rapidement, Alice a entrepris de faire chez moi quelques modifications de style, si tant est que mettre un jean deux tailles trop grand avec un pull vert bouteille puisse être appelé un style. Avec toute la tendresse rhétorique dont seul un être humain très amoureux est capable, une sorte de faux-derche amélioré en somme, elle m'emmenait faire du shopping. Formulation polie pour dire qu'elle cherchait à me façonner à son image. Avec, il faut bien l'admettre, ma plus entière coopération. Étant peu enclin à soigner mon apparence, j'étais plus qu'enchanté par l'idée que la femme que j'aime puisse me regarder avec encore plus de délectation. Bref, que je corresponde davantage à ce qu'elle souhaite. Me faire manipuler ainsi, avec mon consentement éclairé, avait ceci de jouissif que j'avais le sentiment de garder le contrôle tout en donnant l'impression à Alice de diriger la manœuvre. A moins que ça ait été l'inverse. L'amour est définitivement trop complexe pour moi.

En tout cas j'étais content, oserais-je dire, heureux. Heureux même de ces petits moments du quotidien, aussi surprenant que ça puisse être pour quelqu'un comme moi, persuadé que seul l'amour romanesque, contrarié et tragique pouvait être beau et digne d'être vécu, je me retrouvais le sourire aux lèvres, aussi niais que béat, à sortir la poubelle avec joie et entrain. Inconcevable.
Nous avions tout de même un point majeur de discorde. L'un de ceux dont on s'accommode difficilement. Alice voulait un homme, quelqu'un qui lui tienne tête et fasse son office de mâle alpha, un homme en fait qui serait capable de passer outre son amour inconditionnel, de le mettre en danger par le conflit et l'autorité. Problème, j'étais l'exact opposé de cela. Jeune homme à peine sorti des facondes de sa génitrice, je balbutiais mon amour comme un touriste

disant Gracias au serveur Romain qui lui apporte un café. J'aimais pour la première fois et, bien qu'Alice soit plus jeune que moi, elle semblait beaucoup mieux maitriser les codes d'une relation amoureuse moderne. Bien-sûr, la passion était là, œillère majestueuse aux écueils du quotidien. Mais lorsque nous sommes entrés dans une relation plus construite, qui se projetait vers un éventuel avenir concret, nous avons été rattrapés par nos divergences. Avide d'apprendre, et inquiet de garder ma promise, je faisais tout ce que je pouvais pour devenir ce rock, cet hybride entre Stallone et Marc Lévy qu'elle appelait de ses vœux. J'ai compris à cette occasion que c'est précisément lorsque l'on commence à vouloir changer pour l'autre que l'on commence à le perdre. Plus je forçais le trait, plus je sur jouais, et plus elle s'agaçait. Je me mettais alors à paniquer de son courroux et m'empressais de redevenir Dr Jekyll, c'est à dire moi. Et elle me le reprochait à nouveau. J'étais à mon corps défendant entraîné dans ce cercle vicieux de l'insatisfaction permanente, tandis qu'elle m'enivrait d'être simplement elle-même. Une sorte de sentiment d'impossibilité s'est immiscé en moi, mais étrangement, il produisait l'effet inverse de celui espéré. Au lieu de chercher une issue, cet amour qui dérivait lentement vers le tragique renforçait ma passion pour cette femme. Plus je la perdais, plus je l'aimais…

10.

Comme tout bon parisien, je ne me sers jamais de ma voiture. Pas par manque d'envie ni par conviction non, simplement par Hidalgophobie. Néologisme ayant pour racine étymologique Hidalgo, maire de Paris. Synonyme : embouteillé, sclérosé. Je vais travailler en métro ou en trottinette. Il me faut donc bien vingt minutes pour parvenir à faire démarrer la vieille Rover 3500S que j'ai héritée de mon Grand-père. Moteur V-huit, une accélération à vous éviter un lifting, cette pièce de collection ultime a aussi l'avantage de consommer presque trente litres aux cent. Sans doute l'une des raisons qui me fait réfléchir à deux fois avant de la sortir du garage. J'aimerais revendiquer que c'est par soucis écologique, mais comme du reste, je n'en ai rien à battre. Le simple fait de pouvoir se venger de ce monde cruel d'un coup d'accélérateur me procure une jouissance quasi-orgasmique. C'est pour moi un formidable exutoire à frustrations. Une déception, un souci, une querelle ? je prends aussitôt mon bolide pour aller recouvrir d'essence AVEC plomb les bronchioles fragiles de mes congénères.

Une fois passés les inévitables embouteillages parisiens susmentionnés, je fais vrombir les huit cylindres et me laisse bercer par ce son unique, une toux rauque et régulière qui me donne le sentiment de décoller. C'est d'ailleurs à ce jeu que mon grand-père me faisait participer, pour mon plus grand plaisir. Il se mettait au bout de la route qui jouxtait la maison familiale, une longue ligne droite de près de trois kilomètres, il faisait un décompte, et accélérait à toute vapeur. Enfin, à toute essence en l'occurrence. Il poussait chaque rapport jusqu'à neuf mille tours-minute au moins, tant et si bien que j'avais l'impression incroyable d'être dans un avion mettant plein gaz pour s'élever au-dessus de la piste. Je regardais mon Grand-père, fou d'admiration et d'excitation, manœuvrer ce joyau automobile jusqu'à l'extrême de ses possibles, puis, dans un sourire complice qui se voulait un clin d'œil, il feignait de tirer sur le volant pour nous hisser dans les airs. Si la voiture n'a jamais réellement décollé, le petit fils que j'étais en était à chaque fois transporté de bonheur.

Pendant que je roule vers les cimes enneigées, mon esprit se met à errer dans les méandres du passé. De Notre passé pour être plus exact. Alors que je me précipite dans l'espoir de faire converger à nouveau les lignes de nos destinées, je tente de comprendre avec recul le pourquoi de leur divergence première. Pourquoi nous en étions venus, après tout ce qu'il s'était passé entre nous, à rompre tout contact. Et ce depuis dix ans.
Car oui. Notre relation s'est mal terminée. Comme les histoires d'amour en général. Tu nous l'avais bien chanté Catherine. Mais que veux-tu, j'y croyais. Follement, irrationnellement.
Pourtant quelques indices précurseurs de mon malheur à venir auraient dû me mettre la puce à l'oreille. Parmi ces signes, ses retrouvailles un peu trop gaies à mon goût avec son premier amour. Il y a toujours un premier amour ! Persuadé d'être un paranoïaque patenté, je réfrénais tous mes instincts de crainte d'offusquer Alice avec mes insinuations mal placées. Après tout elle me donnait toute raison d'être sûr d'elle et de nous. J'ai donc appliqué le même principe de précaution lorsqu'Alice m'a annoncé qu'elle allait prendre un café avec son ex. Grossière erreur. Lorsque dans une histoire d'amour vous commencez à aller à l'encontre de vos intuitions, de vos peurs et

de vos angoisses, c'est en général le moment choisi par le destin pour vous rappeler à la réalité. En l'occurrence, dès le premier contact j'ai senti entre Alice et son ancien partenaire de jeu comme de l'électricité dans l'air. Une sorte de non résolu latent. J'ai bien tenté de me convaincre que j'étais une fois de plus victime de mon insécurité chronique, et que le fluet que j'étais alors n'avait rien à envier à l'athlète stéroïdé du passé d'Alice. Mais d'une reprise de contact sporadique, nous sommes rapidement passés à des échanges presque quotidiens de sms. N'y tenant plus, j'ai fini par rompre mon silence contrit et laissé éclater ma peur. Elle a été comme prévu offusquée, ne comprenant pas comment je pouvais l'imaginer me tromper. Je me suis senti, comme prévu, très bête et plein de remords. Hélas, quelques jours plus tard, mes belles illusions ont volé en éclats. Sachant Alice en pleines révisions, j'avais décidé de lui apporter son plat préféré accompagné d'une bonne bouteille. Sans lui dire. Plouf. Plongeon. Abysse. Trou noir.
J'avais frappé à sa porte, un petit sourire nigaud sur le visage. J'avais entendu des bruits sourds et confus derrière la porte sans qu'elle s'ouvre pour autant. Puis sa tête. Cheveux ébouriffés. Souffle haletant. Mine décomposée. Œil coupable. J'étais à la fois en train de me briser en mille morceaux, tout

en songeant à quel point cette situation était d'une banalité vaudevillesque, triviale et pathétique.
Devant l'évidence, j'aurais bien-sûr dû rompre dans l'instant. Mais voilà, je l'aimais. Et bien que la fragile confiance en moi acquise grâce à Alice se soit fracassée sur sa porte de chambre, je lui ai pardonné. Étonnamment, stupidement. J'avais pourtant toujours eu clairement ancré dans mes principes fondamentaux que jamais je ne pardonnerais ce genre de comportement. Mais elle avait su trouver les mots.
Je m'étais enfui immédiatement puis mis sur messagerie des jours durant. Mais un soir, alors que je tentais faiblement de reprendre ma vie en main, Alice sonna à ma porte. Elle était en larmes et me jura ses grands dieux qu'elle avait fait la plus grosse bêtise de sa vie et que jamais plus cela se reproduirait. Bien entendu je ne l'ai pas cru. Pas tout de suite. Je les ai repoussées, elle et ses bonnes excuses. Mais j'ai été rattrapé par mes sentiments et, tels une addiction, ils m'ont fait commettre l'irréparable. Alors que je savais pertinemment que c'était la pire chose à faire, j'ai appelé Alice et lui ai proposé qu'on se voie. Elle a sauté sur l'occasion et mis le paquet pour me reconquérir. Je me sentais désiré et puissant. Alors j'ai cédé. Et puis je l'aimais.

Bon gré mal gré, nous avons surmonté cet incroyable rebondissement. Il est de bon ton normalement de dire qu'après ce genre d'épisode dans la vie d'un couple quelque chose est cassé. Mais ce n'était aucunement le cas entre nous. Au contraire. Alice, par culpabilité, était redevenue celle que j'avais croisée quelques mois auparavant. Et plus encore. Elle était pétrie de bons sentiments et de louables intentions. Et moi j'avais tant besoin de cela que je parvenais à me convaincre qu'elle ne le faisait pas uniquement par remords.
Et voilà. C'est tout. Nous avons repris notre histoire là où elle s'était arrêtée. En l'occurrence dans le lit d'un autre. Comme si rien ne s'était passé. Tragiquement banal.

Et puis est arrivé le dernier soir. Un soir parmi d'autres. Un soir qui n'avait rien à envier aux autres soirs. Juste pas mon soir. Alice et moi sommes allés diner au restaurant. Nous avons parlé de tout et de rien, puis elle m'a raccompagné chez moi. Je lui ai demandé, comme je le faisais systématiquement, de m'envoyer un sms lorsqu'elle serait rentrée elle aussi. Mais ce soir-là, elle ne l'a pas fait. Étant tout à fait lucide sur mon degré de psychopathie et de névrose, j'ai laissé passer presque deux heures. Deux heures de souffrance. N'en pouvant plus, je l'ai appelée. Elle a décroché, et j'ai immédiatement senti que quelque chose n'allait pas. Alice semblait lasse. Après moult insistance, elle m'a avoué qu'elle venait de passer une heure au téléphone avec sa mère…à parler de nous. Et de ses doutes. A ce moment de la conversation, quelque chose s'est brisé en moi. Ce n'était pas notre première discussion sur nous deux, sur notre avenir, loin de là. Aussi lorsque j'ai entendu cette dernière phrase, mon sang n'a fait qu'un tour et je me suis énervé instantanément.

- Écoute j'en ai ras le bol d'avoir cette conversation une fois par mois ! Si tu sais pas ce que tu veux, si tu n'arrives pas à te décider, laisse-moi te faciliter la tâche ! C'est fini, j'arrête, j'en ai marre. Rappelle-moi quand tu auras un peu grandi !

Et c'est par ces mots d'une banalité affligeante que j'ai rompu avec l'amour de ma vie. Comme cela, sur un coup de tête. Ou plutôt un coup de sang. Le truc bête qui vous échappe et dont vous ne comprenez pas tout de suite qu'il va vous coûter cher. Très cher. Si seulement on pouvait savoir quand c'est la dernière fois. La dernière fois qu'on parle à quelqu'un, qu'on dit au revoir à quelqu'un, qu'on fait l'amour avec quelqu'un, qu'on étreint quelqu'un. Alors sans doute on agirait différemment. Serait-ce mieux pour autant je ne sais pas. Mais j'aurais tant aimé le savoir tout de même.

Bien-sûr, vue la modération de mes propos, elle ne m'a pas rappelé. Ou plutôt si. Elle m'a recontacté dès le lendemain, en larmes, me disant qu'elle m'aimait et qu'elle voulait que je revienne. Mais moi, persuadé d'être enfin cet Hercule qu'elle appelait de ses vœux, cet homme autoritaire et déterminé, je n'ai pas cédé. Dans mon esprit il s'agissait seulement de la faire languir, et surtout d'être certain que quand elle me reviendrait, ce serait pour de bon, sure d'elle et de nous. Malheureusement, j'avais bien mal calculé mon coup. Les appels, au fils des jours, sont devenus des textos, qui eux-mêmes ont fini par s'espacer. Et quand enfin j'ai compris, il était trop tard. Alice avait retrouvé sa fierté et ses esprits, et lorsque je me suis enfin manifesté, elle s'était convaincue, ou plutôt je l'avais convaincue, que c'était mieux pour nous de rester ainsi. Je venais de faire la plus grosse erreur de ma vie.
Clairement, cette rupture a eu une importance cruciale sur le Moi en gestation, bien au-delà de la séparation physique ou sentimentale. Elle a été le socle constitutif de l'adulte que j'allais devenir : pessimiste, un peu dépressif, et très misanthrope. Chaque être humain est sans cesse sur la brèche, sans cesse, parfois même sans s'en apercevoir, en train de basculer d'un côté ou de l'autre, de prendre un chemin ou un autre, sans comprendre sur le moment que

ce choix inconscient va tout changer. C'est à la fois ce qui rend la vie supportable, et en même temps ce qui justifie pour moi le fait d'être tellement angoissé et d'avoir pour compagnes quotidiennes mes petites pilules blanches. J'ai cette conscience de l'incertain tellement ancrée en moi que j'ai en permanence cette angoisse du mauvais choix, cette peur de l'erreur, qui m'étreint, me ronge et me paralyse parfois. Ce soir-là néanmoins, point de choix, point de maitrise, j'ai pris de plein fouet mon destin en pleine gueule.

Dès lors la situation s'est complètement inversée. Tandis que je me disloquais, Alice retrouvait de sa superbe. Alors que je plongeais tranquillement mais sûrement vers les abimes du désespoir, elle commençait à tourner la page et à vivre sa vie. Les mois qui ont suivi ont tous été de cet acabit, le fait de la croiser plusieurs fois par semaine ne faisant qu'accentuer le fossé entre nous. Je fais l'impasse sur mes jérémiades et autres pertes de fierté totales qui consistaient surtout à pleurer devant elle et à la supplier de revenir. Mais rien n'y a fait, et nous nous sommes peu à peu installés dans cette relation qui n'était plus de l'amour mais pas vraiment de l'amitié non plus. Nous avions conservé cette alchimie, ce ressenti mutuel

de l'autre, aussi nous avions du mal à couper définitivement les ponts.
Ce statu quo me rongeait de l'intérieur, mais ni elle ni moi n'y pouvions rien. Le temps passait mais rien n'y faisait. Même si on se voyait moins (j'avais alors changé d'université pour mes études de médecine), nous savions toujours quand l'autre avait un problème. Il m'arrivait d'être occupé à quelque chose, et que sans crier gare surgisse alors une pensée en moi me soufflant qu'Alice n'allait pas bien. Je l'appelais immédiatement, et neuf fois sur dix, il y avait effectivement quelque chose qui se passait alors dans sa vie. Ç'en était presque…flippant. Romanesque mais flippant.
Je me retrouvais donc à mon corps défendant à l'appeler pensant qu'elle était mal, y compris lorsqu'elle vivait une rupture amoureuse. Insupportable. Et pourtant. Même là. Moi qui n'avais strictement aucune velléité amicale à son endroit, aucune envie de devenir un confident, un ami, je me retrouvais bien malgré moi à accepter les miettes de la relation que j'espérais. Contre toute rationalité, j'étais devenu son ombre, l'ombre de son ombre, et heureusement elle n'avait pas de chien. (les belgophiles musicaux comprendront). Je me haïssais pour cela. Mais je savais que c'était ça ou

rien. Et rien ne pouvait m'être plus pénible que de ne plus avoir de contact du tout.
Les années ont commencé à passer mais rien n'a véritablement changé. Nos contacts augmentaient ou se réduisaient au rythme de nos vies et de nos conquêtes respectives. Avec cette même constante : l'intuition de l'autre. Je suis officiellement devenu médecin-légiste, elle était là à ma prestation de serment. Elle est devenue avocate, j'étais là à la sienne. Nous traversions ainsi les grands événements de nos vies, petits secrets et histoires nocturnes mis à part. Je n'étais évidemment pas guéri d'elle, mais j'avais réussi à trouver une sorte d'équilibre, un modus vivendi avec elle en toile de fond. A bas bruit elle peuplait mes quatre saisons. Je m'étais tellement habitué à vrai dire, que je ne m'imaginais plus un instant que nous puissions rompre tout contact tant elle faisait partie intégrante de ma vie, et ce même si je ne savais pas vraiment dans quelle catégorie la ranger.

C'est pourtant ce qui s'est passé un beau jour de décembre, quelques années plus tard. A l'issue d'un dîner tout à fait amical, alors que je la raccompagne chez elle, je lui signifie le trouble qui est le mien en sa présence, même des siècles après notre histoire. Depuis notre rupture, jamais je ne m'étais épanché. Jamais je ne m'étais laissé aller à lui dire combien elle me manquait parfois et combien cette histoire était beaucoup moins résolue à mes yeux qu'aux siens. Combien j'aurais préféré que nos dîners soient moins occupés à parler d'eux et un peu plus à parler de nous. Sans doute le savait-elle, mais c'était devenu un non-dit entre nous. Ce soir-là, je ne sais pas pourquoi, j'ai eu envie de lui dire. Sans doute un peu dans l'espoir fou de la reconquérir, mais surtout parce que nous avions bâti au fil des ans une relation absolument honnête, sincère et intègre. Aussi je ne voulais pas lui cacher cette partie de moi qui semblait capitale dans ce qu'elle déterminait de mon comportement à son égard. Être honnête, en tout cas avec elle, était pour moi un devoir.

Elle m'a écouté, muette et immobile, comme figée, ses yeux sans fond toujours plantés dans les miens, tenter de lui expliquer mes sentiments, dans ce qui ressemblait plus à un enfant avouant une bêtise à sa mère qu'à une déclaration d'amour, bouche sèche et bredouillages compris. Il y a eu ensuite un silence, long, électrique, tendu, qu'elle a rompu d'un « il faut que j'y aille ». Et ce fut tout. Elle m'a laissé là, incontestablement troublée parce que je venais de lui dire, mais incapable d'y répondre.

Je ne le savais pas alors, mais je venais de la voir pour la dernière fois. C'était il y a dix ans. Une éternité. Une vie.

Pendant ces années, Je parvenais tout de même à obtenir quelques bribes d'informations sur sa vie, entre réseaux sociaux divers et acharnement googlien, mais plus jamais elle n'a répondu à mes mails, appels, sms, pigeons voyageurs, messages désespérés de ne pas comprendre cette omerta qui s'abattait sur moi alors que je lui avais simplement ouvert mon cœur. Le temps est passé et j'ai fini par lever le pied sur mes sollicitations à son endroit, tournure polie pour parler de harcèlement épistolaire. J'ai compris qu'il n'y aurait pas de réponse, en tout cas pas tout de suite, et que ce silence lui était apparemment nécessaire, même si la raison m'échappait. Ceci dit, et malgré le découragement qui était le mien à ce moment-là, je ne saurais dire pourquoi mais je savais qu'un jour, tôt ou tard, dans quelques semaines ou dans quelques années, quand son cheminement intérieur serait fait, elle reviendrait.
Et puis un jour, au détour d'un déjeuner, Rick m'a confié, mi- amusé mi-emmerdé, que deux semaines après notre dernière rencontre, Alice avait été demandée en mariage par un type avec lequel elle sortait depuis quelques mois. Vincent.

***

11.

Après sept bonnes heures de route, je m'apprêtais à prendre une bifurcation lorsque la sonnerie du téléphone me sort de ma torpeur. C'est Rick. La panique s'empare de moi quand je réalise que je suis parti si vite que je n'ai même pas pris la peine de réfléchir à ce que je lui dirais en cas d'appel. Je suis donc plus que fébrile quand je décroche, réalisant par la même que c'est sans doute la première fois de notre « vie commune » que je dois mentir à mon ami.
- Oui Rick ça va ?
- Ouais, j'ai des nouvelles. Le portable d'Alice aurait borné à Bourg Saint-Maurice.
A ce moment-là mon sang se glace.
- A Bourg Saint-Maurice ?? mais qu'est-ce qu'elle peut bien foutre là-bas ??
J'espère ne pas avoir surjoué la surprise. Rick me connait par cœur et je crains qu'il

sente quelque chose d'étrange dans ma voix.
- J'en sais rien, mais c'est marrant qu'elle soit là où on a passé nos vacances !
- C'est clair, c'est…marrant…
- Bon, du coup je prends un vol dans vingt minutes pour organiser les recherches sur place. Tu veux venir ? t'es où d'ailleurs je t'entends pas bien ! t'es en caisse ?
- Oui ! oui je…un macchabée urgent !…pathétique.
- A 6h du mat' ???
- Oui, tu sais ce que c'est…le crime n'attend pas…Nul. Si nul.
- Pas faux. Bon je te tiens au courant quand je serai sur place.
- Ça marche, à tout' !

C'est peu de dire que je ne m'étais pas trouvé très convaincant dans le rôle du mec surpris, mais je sais aussi que m'interroger sur mes qualités d'acteur n'est vraiment pas la priorité du moment. J'ai trois bonnes heures d'avance, mais je ne dois quand-même pas trainer si je veux avoir un peu de temps pour démêler le pourquoi de cette photo. J'accélère donc sensiblement, bon j'écrase le champignon de ma Rover pour parcourir les kilomètres restants le plus rapidement possible.

Malgré ma préoccupation intérieure, je ne peux m'empêcher d'admirer cette partie de la route, vallonnée, serpentant au cœur des Alpes, et qui me rappelle mon enfance, à l'époque où les dernières dizaines de kilomètres se faisaient sans autoroute, à flanc de montagne, le ravin semblant à portée de main à chaque virage. Sensations garanties. Souvenirs aussi. A l'heure où le soleil émerge de son labeur asiatique, j'aimerais dire que j'admirais roses et blanches couleurs s'entremêlant dans un nuancier montagnard, que le mont Blanc imposait sa majesté au milieu du panorama, mais non. Malgré les pugnaces descriptions de ma grand-mère, je n'ai jamais été foutu de distinguer une montagne d'une autre. Quant aux couleurs, je n'en avais pas grand-chose à carrer vu le contexte. Non. L'immense majorité de mon modeste cervelet était occupée à conduire le plus vite possible, ce qui avait au moins le mérite de me distraire temporairement de toutes ces questions sans réponse. Pourquoi faire cela ? est-elle une meurtrière ? Pourquoi m'a-t-elle envoyé cette photo ? pourquoi reprendre contact après toutes ces années de silence ? Pourquoi moi ? Pourquoi quand on éternue on cligne forcément des yeux ? Bon ok, cette dernière question c'est cadeau. Ma manière à moi de distraire mon cerveau lorsqu'il se met en surchauffe.

N'empêche, j'aimerais bien avoir l'explication un jour. Pour le reste, je savais que le meilleur moyen d'avoir mes réponses était d'arriver dès que possible sur le quai de la gare.

Tandis que j'approche, je commence à sérieusement me raidir. Chaque voiture de police, chaque homme en uniforme, fut-il vigile de supermarché, me tend encore davantage. Rien ne me garantit qu'à défaut de Rick, la police locale n'a pas déjà investi le périmètre pour tenter de trouver Alice. Que ferai-je si c'est le cas ?
Farouche adepte de la loi de Murphy, je ne peux m'empêcher de constamment anticiper le pire. C'est devenu une seconde nature, un art de vivre. Mais cette fois-ci je comprends très vite que cette manie va me perdre si je ne me concentre pas davantage sur ce que j'ai à faire. Je décide donc de faire une pause momentanée dans mon pessimisme légendaire. Hasard ou coïncidence, le fait est que lorsque je parviens enfin à la gare, elle est déserte comme un bureau de vote nord-coréen. « Profite de ta chance mon vieux, ça ne durera pas ! » pensai-je intérieurement, avant de me réprimander pour avoir laissé ma nature revenir au galop.
Instinctivement, je gare ma voiture un peu à l'écart des parkings prévus pour accueillir les voyageurs. Aussi magnifique soit-elle, ma

Rover est suffisamment tape-à-l'œil pour que Rick la remarque immédiatement. L'écusson « Faites pas chier l'homme » que j'avais collé sur la roue de secours, apparente et vissée sur le coffre de ce modèle, ne rendant que plus identifiable ma voiture parmi d'autres. Quelque supérieur que l'on puisse se penser, il y a toujours un con qui sommeille en nous, me souviens-je avoir pensé quand j'avais collé le fameux autocollant. Tâchons d'éviter de l'être aujourd'hui. Pas évident.

Après m'être débarrassé de la voiture, je décide de ne pas entrer dans la gare elle-même, mais d'accéder aux quais par le funiculaire partant directement des voies à destination des stations de ski des Arcs. Idée brillante en apparence, ce n'est en fait qu'une résurgence de mon enfance, dont les hivers furent régulièrement égayés de séjours aux sports d'hiver dans l'appartement de ma Grand-mère. Tout en surveillant que ma progression n'est pas épiée par quelque policier sournois, je ne peux m'empêcher d'avoir cette intuition que je suis observé, qu'on me suit à distance. Normal pensai-je, si Alice t'a envoyé cette photo pour t'y retrouver, sans doute te guette-t-elle tapie dans un coin.
A cette simple pensée, je sens mon cœur accélérer. Dix ans que je ne l'ai ni vue ni

entendue. Qu'allais-je ressentir en la retrouvant ? Cette connexion entre nous serait-elle toujours là ou me rendrais-je compte au contraire que le temps nous avait définitivement séparés ?
Me concernant, je crois pouvoir dire que le simple fait d'être là était déjà une réponse. Mais elle ? qu'allait-elle ressentir ?

Je n'ai pas vraiment le temps de laisser vagabonder mon esprit dans ces errements telenovelesques. Alors que je m'attends, ou plutôt que j'imagine depuis la réception de ce texto la scène de retrouvailles, elle m'appelant, moi me retournant, nous deux partant vers le soleil couchant, bon à part pour le soleil couchant, ce que je vois posé sur le quai, près d'un pylône à caténaires, me laisse interloqué et circonspect. Une enveloppe, posée sur le banc d'un abri, simplement marquée des initiales « AS », semble attendre patiemment que quelqu'un la lise.

Pour tout autre que moi, cette missive serait sans doute passée inaperçue, ton sur ton de cette neige immaculée. Oui mais voilà, Cette lettre et moi ne sommes pas n'importe qui l'un pour l'autre. Quand Alice et moi sortions ensemble, après quelques mois où nous avions appris à nous découvrir, nous connaître, explorer au-delà de l'attirance et

de la passion, nous nous sommes affublés d'un doux nom, l'un de ceux qui me fait précisément hoqueter de dégoût aujourd'hui, mais qui pourtant, à part d'être cul-cul-la-praline, s'est avéré avec le temps et les épreuves, tout à fait approprié. Oui, décidément, ces lettres AS font toujours sens, évidence, de celles qui ne s'étiolent pas sur le mur du temps. A bien y réfléchir, et malgré dix ans de silence, elles sont toujours vraies. Alice et moi sommes et serons toujours des âmes sœurs.
J'ouvre la lettre avec un mélange d'appréhension et d'une sorte d'excitation quasi enfantine. Moi qui me targue sans cesse d'être un blasé chronique, je tremble comme un collégien se connectant pour la première fois à Youporn. Lorsque je lis la première phrase, c'est comme si je venais de rentrer à la maison, dans ma zone de confort comme j'aimais l'appeler. Tendrement enveloppé d'une couette chaude, persuadé alors que rien ne peut vous arriver.
« Si tu es venu jusqu'ici, tu iras peut-être plus loin ». Cette simple mention, en plus d'être vraie, est surtout tirée d'un de mes films préférés, que je lui avais fait découvrir lorsque nous débutions notre histoire. Les Évadés. Ce merveilleux film avec Tim Robbins et Morgan Freeman. L'histoire d'une amitié indéfectible qui naît sur fond de

prison et de projet d'évasion. Et cette voix off...Chef-d'œuvre absolu de narration, qui nous entraine dès les premiers mots pour ne plus nous lâcher. Zihuatanejo. Nom de la ville dans laquelle les deux héros prévoient de se retrouver s'ils parviennent à fuir. A mi-parcours de son échappée-belle, Freeman y trouve une enveloppe contenant de l'argent pour son périple ainsi que cette fameuse phrase reprise ici par Alice. Incontestablement l'un des films qui a le plus marqué le féru de cinéma que j'étais alors.
Et je connais trop bien Alice pour douter un instant que la citation soit fortuite. C'était son moyen à elle de recréer un « nous », même temporaire. Le titre du film par ailleurs me semblait particulièrement adéquat ! En une seule phrase, Alice m'envoyait déjà un double message : non je n'ai pas oublié, et que penserais-tu de se revoir enfin ? Du moins c'est la conclusion que j'en tirais. Car si la référence à mon film culte ne faisait guère de doute, la seconde allusion n'était que le résultat de mon interprétation.
Mais au risque de passer pour un philosophe de zinc provincial nourri à l'orge et au houblon, y'a-t-il véritablement autre chose de réel que l'interprétation ? Y'a-t-il une réalité brute, objective, absolue ? ou comme je le crois intimement, autant de vérités que d'hommes pour les regarder ? Difficile de répondre, surtout que je ne pense pas que

cette question soit la plus judicieuse. Non, pour moi, la réflexion la plus importante est plutôt la suivante : doit-on suivre son interprétation, son instinct, sa conviction, ou sans cesse la remettre en cause ? Si la vérité est celle que l'on veut bien croire, voir et analyser, alors peu importe l'erreur, peu importe l'échec, chaque réflexion, chaque décision devient une minuscule pierre à l'édifice de notre petite vie.
Pas plus avancé par cette introspection bon marché, je décide d'un commun accord avec moi-même qu'il y'a bien un message caché m'invitant à l'évasion. Je me rends compte alors que pas un instant je me suis demandé si je voulais suivre Alice, avec toutes les conséquences que cela pourrait avoir pour moi. Non la seule question qui me taraude est la suivante : voudra-t-elle encore de moi, y'aura-t-il encore, après toutes ces années, une possibilité de « nous ». J'allais bientôt le savoir.

Je parcours son mot sans même penser à respirer. « Dix ans. Et il fallait que ça reparte comme ça. J'ai besoin de toi. Pardon mais tu es le seul que je pouvais contacter. Il faut qu'on se voie. Je t'expliquerai tout. Si après lecture de ce mot tu veux toujours m'aider, retrouve-moi dans le café en bas de l'immeuble où nous avions passé nos vacances au ski, l'hiver où toi et moi…sommes devenus nous. J'espère que tu viendras. Pardon. Ton AS. »

Je reste un long moment immobile, les flocons venant tenter vainement de me donner un petit coup de fouet. Mais je ne bouge pas, perdu dans mes pensées, perdu tout court. Ce choix qui me taraude, que je redoute tant, ce choix est désormais devant moi. Soit je rentre chez moi maintenant, soit tout bascule. Je peux reprendre ma vie d'avant, certes troublé par ce qui vient de se passer depuis vingt-quatre heures, mais sans être davantage impliqué, ou…ou je prends ce funiculaire et le risque de revivre ce qui avait clairement été l'épreuve la plus dure de ma vie.

Alors que je commence à congeler sur place, je réalise qu'il n'y a en réalité aucun choix à faire. Moi, seul sur ce quai de gare enneigé est la réponse. Je veux la voir. Pire encore, j'en ai besoin. Viscéralement, éperdument. Sans que cette sensation irrépressible soit basée sur la moindre once de rationalité, j'ai plus que tout besoin de la voir.

Alors, cessant soudain de réfléchir, je me mets à courir vers ce funiculaire qui doit monter vers la suite de mes aventures. Plus de méfiance, plus de discrétion, je cours maintenant à m'en rompre les bronchioles,

moi qui fais du sport tous les jamais. Je saute dans le premier wagon qui s'offre à moi, à bout de souffle, épuisé par le froid, la fatigue et les cogitations des dernières vingt-quatre heures, mais étrangement convaincu de faire ce qu'il faut.
La montée me parait une éternité, même si elle suffit à peine à me rendre le souffle. Je voudrais pousser ce train à mains nues pour qu'il arrive plus vite à destination.
Dès que les portes s'ouvrent, je me rue à l'extérieur, ignorant le froid et les autres usagers que je bouscule allègrement. J'ai le tournis et ce n'est pas à cause de l'effort démesuré que je fais ! Non, j'ai le tournis de l'ivresse, de la fébrilité et de la peur comme seul l'Amour peut vous faire sentir. Mes jambes flageolantes me portent encore pourtant, et j'achève ma ruade à quelques encablures du bar. Je m'arrête net, éreinté par ces émotions, tant physiques qu'intérieures. Je respire à pleins poumons pour retrouver un semblant de calme. Puis, lorsque j'ai recouvré mes moyens et ma lucidité, j'approche doucement, pas à pas, de cet endroit qui m'est devenu étranger après avoir été l'épicentre de ma vie amoureuse.
Je suis maintenant devant la vitrine, mais je ne vois personne qui ressemble à Alice. Un homme âgé, visiblement du coin à en juger par sa peau tannée et ses marques de

lunettes, doit en être à son Sept ou huitième demi, alors qu'un jeune homme d'une vingtaine d'années savoure son chocolat chaud en lisant « Cet Instant-là » de Douglas Kennedy.
Très bon livre sur une histoire d'amour ratée pensai-je ironiquement. Mon regard parcourt la pièce de long en large, mais aucun signe d'Alice. Tandis que je commence à douter, de moi, de tout ça, de tout en fait, et alors que mon regard se fait de plus en plus désespéré et perdu, alors seulement...je l'entends.

- Hey, Salut !

Lorsque de temps à autres il nous arrivait de nous voir après notre rupture, j'avais confié à Rick que je savais que je n'étais pas guéri d'elle parce qu'elle m'emportait dès son premier sourire.
Il en est de même à cet instant précis. Sa voix. Ce « salut » que nous avions instauré entre nous quand il y'avait trop de distance ou de temps entre deux de nos retrouvailles, cette manière particulière de se saluer comme si nous nous étions vus la veille était notre marque de fabrique, notre manière à nous de conserver un quotidien, de nous convaincre que nous faisions intimement partie de la vie de l'autre.

Sachant pertinemment ce qui va se produire maintenant, je laisse le frisson m'envahir comme la première gorgée de whisky qui réchauffe peu à peu chaque parcelle de vos entrailles, puis seulement, je me retourne. Elle est là. Ses yeux plantés dans les miens. Encore. Toujours. Et après un moment d'observation que j'aurais volontiers fait durer disons…éternellement, ce sourire, son sourire, ce phare dans ma brume vient illuminer son visage fatigué. Dix ans plus tard je ne la trouve pas changée. Si ce n'est un léger quelque chose dans le regard qui est passé du juvénile à l'âge adulte. C'est sans aucun doute la marque de la souffrance. Je ne sais pas encore quoi que ce soit de sa vie de ces dix dernières années, pourtant je vois instantanément sur son visage les subtils stigmates de la douleur.

Il y'a en moi à cet instant une émergence d'émotions que rien ne peut contenir ou même tenter de dissimuler. Je suis coi devant cette femme devenue à la fois étrangère tout en restant incontestablement la femme de ma vie. J'aimerais dire que nous sommes restés silencieux, que je l'ai prise simplement dans mes bras et que nous nous sommes étreints longuement. Oui, j'aimerais dire cela. Mais malgré le caractère fusionnel de nos deux êtres, le temps et la

divergence de nos vies ces dernières années nous ont fait garder une distance prudente. C'est Alice qui rompt finalement le silence.
- Tu m'invites à boire un thé ou on parle de tout ça dehors ?
- Bien-sûr oui, viens entre !» bredouillai-je comme je pouvais.
Nous entrons dans ce bar à peu près sordide qui avait vu jadis nos premières bitures de vacances. Éclairage au néon, moquette beige au mur, tableaux de paysages bon marché, et même quelques têtes de rennes empaillées, histoire que le tableau soit complet. Malgré ce décorum glauquissime, je ne peux m'empêcher de la regarder tandis qu'elle ôte sa doudoune au col en fausse fourrure pour l'accrocher au dossier de sa chaise. Ce qui me frappe à nouveau, c'est cette grâce qui l'habite. Même un geste anodin devient avec elle un entrechat, un moment suspendu au temps, et à mes lèvres pas du tout éperdues (sic)...

Pour occuper mes mains angoissées et gagner un peu de temps, je tente plusieurs fois d'appeler le serveur. Ce dernier ne saisit visiblement pas le moment incroyable qui se déroule devant ses yeux pochés, mais daigne finalement venir, sans doute apitoyé par mon regard hagard.
- Un thé et un allongé s'il vous plait !

- Qu'avez-vous comme sortes de thés ? ajoute Alice. Le serveur, vu son air, doit s'y connaître autant en thé que moi en fission nucléaire. Nous sentons l'effort surhumain qu'il fait ne serait-ce que pour comprendre la question. Effort auquel Alice a le bon goût de mettre un terme.
- Du Earl Grey vous en avez ?
- Ben oui je crois…
- Ce sera parfait alors, merci.

Le serveur repart mi- perdu mi- soûlé, emportant avec lui les dernières secondes qui me séparent de l'inéluctable, ce moment où enfin il allait falloir que je la regarde dans les yeux. Bien entendu, lorsque je me décide à le faire, elle est déjà en train de m'observer, ses deux rayons lasers scrutateurs fixés sur moi, le sourire charmeur en prime. Elle connait par cœur mon appétence pour le bavardage, mais elle sait aussi mieux que personne comme la gêne peut me rendre timide, presque mutique. Elle me facilite donc la tâche.
- T'as vieilli dis-donc ! lance-t-elle un sourire entendu aux lèvres.
- Merci ! Et puis comme je vis bien l'arrivée de la quarantaine c'est bien ça va me faciliter les choses ce que tu viens de dire !
Nous échangeons un sourire, heureux de constater que la complicité ne faiblit pas malgré l'absence et les années. Mais

comme je suis atrocement stressé et que je sais que notre temps libre est compté, je décide d'entrer dans le vif du sujet. Mais elle me prend de cours. Pour me dire au mot près ce que je m'apprêtais à lui demander. Quelle surprise.
- Comment vas-tu ? me dit-elle avec un regard empreint de bienveillance et de douceur.
J'hésite un bref instant à lui répondre qu'en gros depuis qu'elle m'a quitté j'erre comme une âme en peine en attendant le doux soulagement de la mort, mais je parviens à me convaincre qu'en guise de reprise de contact après dix ans, ce ne serait sans doute pas la meilleure tactique. J'opte donc pour un sobre :
- Ça va pas mal et toi ?
Patatras. Je regrette instantanément la formule aussi malheureuse que maladroite pour une femme en fuite, au mieux veuve, au pire meurtrière. Mais elle comprend et esquisse même un sourire.
- Pour une femme accusée d'avoir assassiné son mari, ça peut aller…
- Je ne sais pas quoi dire Alice, je…j'ai vu Vincent, les caméras sur lesquelles on te voit partir à la hâte, je…je ne sais pas quoi dire…
- Commence par me poser la question vas-y…

Il n'y avait pas une once de défi dans son regard. Elle savait simplement que la réponse à LA question était un prérequis à la suite de cette conversation. Aussi cynique et désillusionné que je sois, elle sait aussi que je suis quelqu'un de profondément honnête et intègre. Après un moment, je balbutie fébrilement :

- Tu l'as fait ?

Il y a dans ma question une supplique, une imploration de me répondre par la négative. Elle coupe court au suspens.

- Oui.

Je reste alors absolument, désespérément bouche-bée. Mes connections neuronales semblent avoir disjoncté et je reste là, littéralement pétrifié, incapable ne serait-ce que d'envoyer l'ordre à mon corps d'avoir une réaction, quelle qu'elle soit...Devant mon erreur 404, Alice décide donc d'enchainer.

- Pendant que tu récupères, je vais t'expliquer.

Sa voix est posée, calme. Il n'y a ni peur, ni colère. Alice semble juste lasse et résignée. Dans son regard, un très léger voile. Et comme mon reboot interne semble tarder à se produire, elle débute son récit.

- D'abord, je voudrais que tu saches que la scène macabre que tu as vue est un accident. Je n'avais évidemment pas

l'intention de le poignarder dans le cou, encore moins de le tuer.
- Pourtant c'est ce qui arrive généralement quand on poignarde quelqu'un à la jugulaire !
Ma répartie, aussi soudaine qu'inattendue, me surprend moi-même. Peut-être le sentiment qu'elle me mène en bateau, que devant l'évidence des preuves, ce qu'elle me raconte ne peut être qu'un mensonge. Et je ne peux le supporter. Mais alors que j'ai du mal à garder mon calme, Alice continue à me regarder avec tendresse et tranquillité. Elle attend de voir disparaître la noirceur de mes yeux puis continue.
- Léo, je ne te demande rien. Rien. Je comprends tout à fait dans quelle situation m'aider pourrait te mettre, surtout avec Rick comme intrigant en chef.
- Enquêteur s'il te plait.
Cette fois c'est son regard à elle qui noircit. Brièvement. Fugacement. Elle et Rick ont un gros contentieux depuis quelques temps : moi. Depuis ce jour où Alice m'a quitté me laissant en lambeaux dont même une hyène n'aurait pas voulu des restes tant je faisais peine à voir. Rick ne lui a jamais pardonné de m'avoir fait tant souffrir et le lui a fait savoir avec sa délicatesse légendaire.
Quant à Alice, qui n'est pas du genre à se laisser impressionner, elle l'avait remis à sa place bien comme il faut. Depuis ce jour, ils

avaient décidé tacitement qu'un silence long et permanent serait sans doute mieux pour eux deux.
- Enquêteur si tu veux. L'important c'est qu'il ne faut pas que tu te sentes engagé dans quoi que ce soit de plus que ce que tu as déjà fait.
- Je suis là non ?
- Oui. Et j'avoue ne pas comprendre pourquoi...
- En fait, je me suis posé la question tout le trajet. Et la vérité, c'est que je ne sais pas. Mais pour l'instant je...

Mon portable interrompt ce qui allait assurément prendre la tournure d'une longue logorhée sentimentalo-déprimante. C'est Rick. Toujours à propos pour m'éviter des déconvenues avec Alice décidément. Même involontairement.
- C'est Rick ! dis-je, inquiet.
Le téléphone sonne toujours. Plus que deux sonneries avant la messagerie. Et sa suspicion.
- Je lui ai dit que j'allais bosser. Mais il va pas lâcher et surtout, il ne comprendra pas pourquoi je ne décroche pas alors qu'il sait très bien que j'attends des nouvelles de toi. Enfin je veux dire, de ton affaire.
Dernière sonnerie.

- Et bien maintenant au moins, plus besoin de longues conversations, me dit Alice tranquillement.
- Tu as un choix à faire Léo. Si tu ne rappelles pas Rick dans les cinq minutes il va commencer à avoir un embryon de doute, au moins de malaise. Donc il faut que tu le rappelles. Et quand il répondra, tu n'auras…
- que deux options je sais…
Nous sourions furtivement de constater l'un et l'autre que nos pensées s'imbriquent toujours mieux qu'un meuble IKEA. Mais ça ne dure pas. Je me mets à imaginer Rick raccrochant nerveusement son portable à clapet, ultime vestige de son monde obsolète, qu'il compte garder jusqu'à ce qu'il rende son dernier souffle. Par conservatisme un peu, par provocation sans aucun doute. Sur le quai de la gare de Bourg-Saint-Maurice, il scrute probablement autour de lui. La neige. Les traces de pas fraiches. Mouais. Pas de quoi écrire un épisode de Columbo. Oui, ses séries préférées aussi sont surannées.
Rick a toujours eu ce côté à la fois trompe-la-mort, en tout cas aventureux, et en même temps ce besoin de s'ancrer dans le passé, de s'y référer, comme pour mieux comprendre et se rappeler d'où il vient. Ainsi Rick aime Columbo, écoute Guns'n Roses, allume ses Marlboro avec un Zippo, et s'entête malgré mes supplications à porter

une banane à la ceinture lorsqu'il part en vacances.
- C'est pratique, je vois pas où est le problème ! tranche-t-il un jour où je le charriais un brin. Un gros brin. Un bouquet même. Mais bref. Je le connais trop bien pour ne pas douter un instant que dans moins de temps qu'il faut pour le dire, son regard va se poser sur ce funiculaire, et qu'alors, alors, ses souvenirs vont remonter comme le fait inexorablement ce train à crémaillères. Il faut donc que je me décide, et rapidement. Alice tente de m'aider dans ma réflexion.

- Tu devrais partir, me dit-elle calmement. Pas parce que j'en ai envie, pas parce que je n'ai pas besoin de toi, mais parce que si tu le fais maintenant, tu ne pourras rien te reprocher. Tu auras simplement été un homme que la curiosité pour une ex qui a un peu compté a poussé à en savoir plus. C'est tout.
- Ce n'est pas aussi simple Alice, j'ai déjà menti à Rick et puis…
- Et puis ? questionne-t-elle doucement…Cette fois c'est moi qui plante mon regard dans le sien.
- Et puis ce n'est pas le problème.
- Quel est le problème alors ? De quoi parle-t-on ici ?
Je regarde mon portable pour voir l'heure.

- Peu importe, on en parlera plus tard. De ça et de ce qu'il s'est passé entre toi et Vincent. Pour l'instant il faut absolument qu'on dégage d'ici. Sinon il n'y aura plus rien à discuter.
Moi qui étais hésitant, fébrile, presque enfantin dans mes réactions depuis que je l'avais retrouvée quelques minutes auparavant, je me surprends soudain à prendre les choses en main. Je jette la monnaie sur la table, enjoins d'un geste Alice à se lever, puis je l'entraine dehors. Je ne sens ni le froid ni la neige qui nous fouette le visage. Je suis en pilote automatique et cherche une échappatoire. Je scrute autour de nous lorsque j'aperçois ce qui me semble être sur le moment le meilleur endroit où se cacher : proche, bien en vue donc discret, permettant de surveiller les alentours, et où personne, en tout cas je l'espérais, n'aurait l'idée de nous chercher. Les télécabines. Je saisis Alice par le bras (je ne pouvais me résoudre à lui prendre la main) et l'entraine jusqu'aux pieds des « œufs » sans même lui expliquer. Elle ne se fait pas prier pour me suivre. Nous courons le plus rapidement possible, j'agrippe en passant une barre de fer qui gisait sur un tas d'ordures ménagères, et lorsque nous arrivons, je m'en sers pour faire levier et entrouvrir les portes d'une des télécabines stationnées au sol. Je vois au regard que me

lance Alice qu'elle a comme un léger doute sur la pertinence de mon choix de cachette, mais alors que je m'apprête à me justifier, je vois arriver le funiculaire au loin. De même que mon instinct m'avait poussé jusque dans cette station de ski, je sais à cet instant au plus profond de moi que Rick est dans l'un de ces wagons. Aussi redoublai-je d'efforts, et quand enfin il y a assez d'espace pour laisser passer son trente-six et mon quarante-deux (!!) nous nous ruons à l'intérieur.
Après ces quelques minutes d'une intensité physique et émotionnelle incroyables pour le sédentaire blasé que je suis, le calme se fait à nouveau, ponctué de nos respirations haletantes. Dues à l'effort sans doute, au stress, à la peur, très clairement aussi. Après avoir retrouvé mes esprits, et toujours sans avoir échangé un seul mot avec Alice, je me risque à regarder furtivement par la vitre. Même si je ne lui rends pas son regard, je sens Alice m'observer. Et nos passerelles cérébrales étant ce qu'elles sont, je sens dans sa manière de me regarder un mélange de tendresse et d'étonnement. Comme si elle se demandait comment ce petit gars qu'elle avait quitté il y'a plus de quinze ans parce qu'il ne s'affirmait pas assez (entre autres) avait pu faire ce qu'il venait de faire. J'aimerais dire que j'en tirais une certaine fierté, mais je n'avais

malheureusement pas le temps de trainer dans mes rêveries. Deux choses assez ennuyeuses, et c'est une litote pour ne pas dire deux grosses merdes, se produisent quasi concomitamment. La première, c'est que ma crainte est fondée. Rick et ses hommes débarquent devant le bar, regardant un peu partout avant de finalement y pénétrer. La seconde, pour laquelle je ne saurais dire combien j'allais me sentir con de ne pas l'avoir anticipée, est que la télécabine...se met en marche !!
Avec toutes ces émotions, je n'avais pas vu l'heure tourner et il était effectivement temps pour les remontées mécaniques de commencer leur tractage à touristes aussi naturel au paysage qu'un légume bio dans un frigo de Monsanto. Nous sommes irrémédiablement entrainés vers le sommet, tandis que j'observe mon ami au loin regarder le paysage. Ce théâtre de notre jeunesse fanée depuis longtemps.
Après ce que j'appellerai pudiquement un moment de flottement, je me dis qu'il est plus que temps de réagir. Je me tourne donc vers Alice pour lui exposer mon plan :
- Je sais pas du tout quoi faire ! Annonçai-je, penaud.
- Voilà qui est rassurant ! se moque-t-elle dans un sourire.
- Et si on profitait de ces quelques minutes incompressibles de montée pour parler ?

- Crois-moi Alice, j'ai vraiment envie, non, besoin de savoir ce qu'il s'est passé dans cette maison, mais pour l'instant il faut qu'on trouve une issue !
- L'issue Léo, c'est la porte de la télécabine, une fois arrivés en haut ! Maintenant, écoute-moi...
A ces mots, je me remets à avoir le souffle court. Je suis soudainement oppressé, dans ce lieu fermé, exigu, seul avec celle pour qui je pourrais me damner en enfer et dont je redoute maintenant qu'elle ne parvienne pas à me convaincre sans doute raisonnable qu'elle a tué Vincent pour une...bonne raison.
- Comme je te l'ai dit Léo, rien de ce que tu as vu n'était voulu. Mais Vincent et moi avons, avions, une relation disons, passionnée...il nous arrivait fréquemment, pour ne pas dire quotidiennement, de nous accrocher, nous disputer et même parfois, de nous affronter physiquement. Pour être très claire, je ne suis aucunement une femme battue ! Mais nous avions tous deux des caractères très forts, et parfois, quand une dispute dégénérait, il arrivait que l'un de nous mette une gifle à l'autre, ou que des objets volent dans la pièce. Et c'est ni plus ni moins ce qu'il s'est passé ce jour-là. J'étais en train de cuisiner, et Vincent et moi avons commencé à nous disputer parce que j'avais reçu un texto d'un collègue et que ça lui

déplaisait. Le ton est monté, j'ai fini par lui balancer mon verre de vin, et là, alors que j'avais toujours le couteau à la main, il m'a saisi le bras soudainement. Je ne m'y attendais pas parce que j'étais de dos en train de couper de la viande, et je me suis retourné d'un seul coup, sec, brutal, nerveux…et le couteau a fini tu sais où…
Alice avait raconté la mort de son mari sans s'interrompre. Mais alors que s'achève son récit, les larmes coulent maintenant sur ses joues sans discontinuer. Elle met un point d'honneur toutefois à terminer avant de finalement baisser les yeux, abattue et honteuse. Je reste quant à moi prostré. Je veux m'approcher d'elle et la serrer dans mes bras, lui susurrer que tout va bien se passer. Mais rien n'y fait. Je reste immobile, saisi par cette histoire rocambolesque, et surtout, réalisant au fil de la narration qu'en l'absence du moindre témoin, de la moindre preuve pouvant étayer sa version, jamais personne ne croirait à la thèse de l'homicide involontaire. Encore moins Rick, dont le scepticisme à l'égard d'un suspect n'avait d'égal que sa profonde acrimonie envers Alice. Je n'ai malheureusement pas le temps de réfléchir bien longtemps. Nous sommes en effet interrompus par l'arrivée de notre « œuf » en haut de la montagne.

La main d'Alice parvient à se faufiler entre les portes de la télécabine, sur lesquelles il est bon de préciser que je tirais aussi de toutes mes forces. Après un coup d'œil rapide, Alice constate que l'opérateur de ladite machine est beaucoup plus occupé à faire causette avec sa collègue qu'à regarder ce qu'il se passe. Nous sortons donc tranquillement et commençons à marcher vers l'Arpette, un resto d'altitude qui a toute la panoplie du resto d'altitude : nom ridicule, bouffe médiocre, addition à vous faire sauter un plombage. Bref, un lieu idéal pour se planquer quelques minutes et faire le point.
Je suis Alice tant bien que mal, décidément peu doué avec les après-skis que j'avais tout de même, et il faut le noter, eu la présence d'esprit d'emporter avec moi, mais je suis surtout abasourdi par le récit qu'elle vient de me confier.
Attablés au milieu de nulle part et entourés de pas grand monde en cette heure matinale, la serveuse est surprise lorsqu'en plus du thé que je commande à Alice machinalement, ce qui ne manque pas de lui faire esquisser un sourire aussitôt ravalé, je demande en plus un verre de vin chaud.
- Il est 9h15 du matin Msieur…
- Voyez-vous mademoiselle, j'ai en face de moi une femme que je connais depuis dix-huit ans, que j'aime depuis autant à quelques minutes près, qui pas de bol est

mariée à un autre homme qui vient de mourir. Je n'ai pas dormi depuis plus de deux jours parce que la femme en question m'a demandé de l'aide après m'avoir ignoré pendant des années et que comme un con je suis parti sans réfléchir et je me suis tapé les sept-cent-cinquante kilomètres qui nous séparaient. Je pense que j'ai mérité un vin chaud.

- Tout de suite, dit-elle avant de partir, ou plus exactement de fuir en cuisine. Sans doute pour y pleurer un bon coup.

Je profite de ce moment de latence dans notre folle épopée, et disons-le franchement, de la surdose d'adrénaline présente dans mon cerveau, pour lui livrer mon sentiment en toute transparence sur notre situation singulière :

- Écoute, j'ai quarante piges, je ne vais pas essayer de rattraper ce que tu viens d'entendre, je ne vais pas non plus prendre un air honteux.

Cette fois plus de doute. Ni dans ma voix ni dans ma tête.

- Je t'aime et t'aimerai sans doute toujours. On n'y peut rien, c'est comme ça. Ça fait bien longtemps que je n'attends plus rien de toi, donc ne te sens pas obligée de te justifier. Encore. Le temps a passé, tu as fait ta vie et tu as eu raison. Mais je ne m'excuserai pas de t'aimer. La vérité, c'est que je n'ai pas besoin de l'histoire pour t'aider parce que pour être honnête, et même si j'ai un peu honte de l'avouer, j'en ai rien à foutre du « pourquoi ». La seule chose que je demande, que je veux que tu me promettes, c'est de ne plus jamais me mettre de côté. Jamais. J'ai su accepter de ne plus être ton mec, j'ai su faire bonne figure lorsque tu as refait ta vie, j'arrive à gérer le fait que tu vives tout cela mieux que moi, mais je n'accepterai plus jamais que tu m'ignores et me mettes au ban de ta vie. Je veux pouvoir à partir de maintenant essuyer chacune de tes larmes et partager chacun de tes fous rires. Est-ce que ce deal te semble acceptable ?

Pendant cette tirade inespérée, mes yeux n'ont pas quitté les siens un instant, aussi je n'ai pu m'empêcher de remarquer son regard s'embrumer, pour finir par laisser perler dans un sourire une ou deux larmes sur ses pommettes si mignonettes. Sans doute pour la toute première fois, Alice est là, interdite, bouleversée, incapable de répondre ou de me tenir tête comme elle l'avait toujours fait. J'avais réussi l'espace d'un instant à fendre son armure, celle qu'elle avait revêtu quand elle avait choisi de me quitter. Elle me glisse simplement un petit « oui », fuyant mon regard et cherchant désespérément sa contenance dans un toussotement qui ne berne qu'elle.

La serveuse arrive à point nommé, et tandis qu'elle me sert mon vin chaud la main tremblante, je comprends qu'il est temps d'alléger un peu la teneur de nos échanges.
- Bon et maintenant ? lui lançai-je, comme pour l'inciter à remettre ses neurones à la tâche.
- Maintenant...je crois que je vais t'emprunter ton téléphone, appeler Rick et lui dire de nous rejoindre ici. Il est temps de lui raconter ce qu'il s'est passé...
- tu ne vas rien faire du tout.
- Pardon ?
- Si tu fais ça, avec le sens de la droiture et l'éthique de Rick, il est évident que dans moins de deux heures tu es en taule, Alice ou pas Alice, et même...
- Léo ou pas Léo.
- Oh pis ça me fait chier cette foutue télépathie aussi !! On pouvait pas juste se marier avoir trois gosses et un chien et vivre en banlieue de Tourcoing comme tout le monde ?! Merde !
- Tu sais comme moi que si on avait fait ça on se serait emmerdé au bout de dix jours !
- Je sais...Bon écoute, on manque de temps là. Voilà ce qu'on va faire. Je vais appeler Rick et lui dire où je suis. Je vais aussi lui dire que c'est bien à cause de toi que je suis là. Mais je vais aussi lui dire que je ne t'ai pas trouvée. Je vais gagner le maximum de temps possible et pendant ce temps,

toi tu vas te débrouiller pour redescendre à Bourg-Saint-Maurice. Sur le parking à l'écart de la gare, en face du Géant-Casino, il y a ma Rover. Voilà les clés. Tu m'attends dans la voiture elle est bien cachée. Si jamais tu vois des flics tu pars et on se retrouvera ailleurs. Sinon je t'appelle en arrivant en bas.
- Deux choses. La première, c'est que si je fuis maintenant, je vais devoir fuir pendant des lustres…
- Non on ne fait pas ça pour que tu deviennes une fugitive, on le fait pour gagner le temps qu'il nous faut pour étayer un peu ta thèse de l'accident, parce que pour l'instant, à part ta parole, on peut pas dire qu'il y ait grand-chose pour aller dans ton sens. Ensuite on avisera.
- Deuxième chose. Je ne veux pas t'entrainer là-dedans.
- Et bien c'est un peu tard pour ça ma chère ! Maintenant j'y suis, et jusqu'au cou ! Donc on va remballer les remords et les doutes et on les ressortira quand on aura que ça à foutre ok ?
- Ok…
Et puis, d'un coup, je percute.
- Attends une seconde !! criai-je dans le bar…
- Quoi ?
- Comment les secours se sont-ils retrouvés sur place ? Je veux dire, Rick m'a appelé, je débarque et je trouve à peu près deux mille

cinq cents flics chez toi ! Et puis on te voit fuir sur les caméras de surveillance. Alors je répète : comment les secours ont-ils su qu'il fallait venir ???
C'est en me répondant qu'Alice percute à son tour...
- Mais t'as raison !!! C'est moi !! C'est moi qui les ai appelés !
Nous échangeons un regard à la fois éberlué et satisfait. Un ange passe, le temps pour nous d'encaisser la nouvelle. La première bonne depuis le début de cette histoire.
- La voilà ta porte de sortie...murmurai-je dans un soupir soulagé. Et maintenant va-t'en ! Je vais gérer ça avec Rick. On fait comme je t'ai dit...

Nous nous quittons sans autre forme d'au revoir. Je l'observe partir pour m'assurer qu'elle ne se fait pas prendre, puis je me mets à cogiter pour rendre mes mensonges les plus crédibles possibles aux yeux de mon ami. Comme toujours dans ces cas-là, on a coutume de dire que plus un mensonge se rapproche de la vérité, plus il a de chance d'être cru. J'opte donc pour la stricte narration de ces vingt-quatre dernières heures, omettant simplement le très léger détail de nos retrouvailles. Il n y'a plus alors qu'à espérer que Rick me croira...

Je n'ai pas à attendre bien longtemps. Rick me rappelle et je lui dis où je me trouve. Il débarque vingt minutes plus tard.
- Putain mais qu'est-ce que t'es en train de foutre bordel ?
- Une phrase, trois insultes, pas mal !
- Oh arrête avec ton ironie à la con ! Tu m'as menti putain ! Pendant que je te crois en train de gérer un macchabée, monsieur court retrouver sa dulcinée en détresse !
- Écoute Rick, assieds-toi s'il te plait. J'avoue j'ai merdé. Mais si tu te détends deux secondes, je vais tout te raconter dans les moindres détails.

Ce que je fais. Je lui explique comment j'ai reçu la photo sur mon portable, comment je suis parti presque instinctivement et comment oui, je lui ai menti pour tenter de retrouver Alice avant lui. Je fais comme prévu l'impasse sur la période où Alice et moi nous sommes vus et enfuis. Lorsque j'achève mon récit, je le regarde droit dans les yeux pour appuyer mes mensonges dont je dois dire j'ai un peu honte. Après un moment de silence pendant lequel Rick pèse sans doute chacun de mes mots, et dont j'ai l'impression qu'il dure une éternité, il finit par parler :
- Ok. Bon, le plus important c'est que maintenant tu m'as tout dit. Hein ?
- Euh, oui oui !

- Bon. A mon avis, elle a dû nous voir arriver, toi comme moi et mes gars. Ça expliquerait pourquoi elle s'est pas montrée. Et comme elle a beau être une garce elle est pas con, je pense que pendant que toi et moi on cause comme deux gonzesses après un téléfilm d'M6 elle est déjà loin…
- C'est ce que je pense aussi…
- Deux choses Léo.
- Oui quoi ?
- Primo, tu rentres chez toi et tu ne t'impliques plus dans cette histoire ! Et secundo, si jamais elle te contacte, tu me préviens dans la seconde. On est clair ?!
- Limpide mon cher…
- Fais pas le malin quand-même je te rappelle que tu m'as pipoté !
- Pardon…vraiment. Dis, une dernière chose que je me demande.
- Sérieux ? Tu vas me demander un service là ?
- Non non pas un service, juste un truc qui me turlupine : par qui les secours ont-ils été prévenus ??
- J'en sais rien mon pote, et je m'en fous pour l'instant !
- Rick, s'il te plait. Vérifie d'accord ? Si c'était elle qui avait appelé ? ça pourrait considérablement changer la donne et tu le sais…
Rick laissa le silence répondre pour lui. Puis…

- Allez casse-toi, je te tiendrai au courant quand on l'aura retrouvée…
- Merci. Désolé encore je…
- Casse- toi !!!

Un peu beaucoup honteux, je pars sans demander mon reste. Dès lors, une seule chose me motive : retourner le plus rapidement sur ce parking de Géant-casino. D'abord pour fuir le plus loin possible d'ici, ensuite parce que je me languis de retrouver Alice. Nos retrouvailles étaient absolument apocalyptiques, du moins très éloignées, et c'est un euphémisme, de ce que j'avais tant de fois fantasmé.
Sans la moindre certitude que Rick m'a cru, et ne pouvant m'en assurer, je décide de me concentrer sur ce que je peux maitriser. Conseil avisé de ma dernière psy en date pour tenter d'apaiser mes angoisses de tout. En vain, mais bien essayé.
J'attends fébrilement le funiculaire que j'avais emprunté tambour battant il y a quelques heures à peine. Une fois dans la rame, je contrôle que personne ne me suit. Le temps me parait infiniment long pour parvenir enfin à Bourg-Saint-Maurice.
Une fois en bas, je pars d'un bon pas vers ma voiture, évitant de me servir de mon portable pour ne pas risquer d'être géo localisé. Cette précaution, sans doute inutile ou à tout le moins excessive, me rend

nerveux car rien du coup ne me permet d'être sûr qu'Alice est bien arrivée jusqu'au fameux parking.
Lorsque j'arrive enfin, je n'ai pas à attendre longtemps. Les phares de ma voiture s'allument, et j'aperçois Alice au volant, un sourire mi- rassuré mi- inquiet. Je monte dans la Rover. Mais tandis que je m'apprête à lui rapporter mes dernières pérégrinations, nous sommes en moins de temps qu'il faut pour le dire encerclés de toutes parts par la police locale. Nous passons en une fraction de seconde du désert de Gobi à Coachella. Pétrifiés, nous n'avons pas le temps d'échanger une parole que des policiers en civil extirpent déjà Alice de la voiture. Ils font preuve à mon égard d'un tantinet plus de manières, sans doute briefés par Rick.
Hagards, menottés, Alice regarde partout, probablement sans même savoir ce qu'elle cherche. Elle est clairement perdue, dépassée, submergée par la situation. Quant à moi, je ne comprends pas ce que j'ai fait de travers pour me faire berner de la sorte. On me fait patienter assis sur le capot et sous haute surveillance, tandis qu'Alice est déjà assise à l'arrière d'une voiture de gendarmerie. A peine quelques minutes plus tard, je vais arriver celui que je redoutais plus que quiconque : Rick. Il ne semble ni en colère ni déçu. Au contraire, il a l'air presque sage, apaisé. Lorsqu'il est près de moi, il

laisse planer un silence de quelques secondes, sans doute pour me faire comprendre que j'ai déconné plus qu'à l'accoutumée.
- Tu sais, je me suis beaucoup demandé ce que j'aurais fait à ta place. Et tu sais quoi ? Si j'avais déjà été amoureux, j'aurais sans doute fait pareil. A un détail près.
- Quoi ? demandai-je, penaud.
- JE NE T'AURAIS PAS MENTI PUTAIN !
Je regardais désespérément mes chaussures.
- Je sais. Pardon.
- C'est bon allez. Mais fallait que je marque le coup.
Il accompagne cette dernière phrase d'une tape amicale sur l'épaule.
- Et maintenant ? qu'est-ce qui va m'arriver ?
- Ben vu que je t'avais dit de rester en dehors de ça, et vu que tu ne m'as pas écouté, je dirais des emmerdements !
- C'est à dire ?
- C'est à dire j'en sais foutre rien ! je suis pas juge ! Normalement pour ta complicité dans la fuite d'une meurtrière, tu peux prendre très cher mon pote ! Dans les faits, vu que ta vie est chiante comme la pluie, que ton casier est vierge, et qu'en général les juges sont clairement plus cléments pour ce genre d'actes, tu devrais pas aller en taule...Mais je te promets rien hein !

- Et elle ? demandai-je en la désignant du menton…
- Elle ? mais on s'en fout d'elle putain !!! redescends !
Un long silence suivit ce que j'appellerais ce salutaire rappel à l'ordre de mon ami. Je devais en effet m'occuper d'abord de moi, et arrêter de me mettre dans la mouise pour Alice.

Nous sommes emmenés séparément au commissariat de Bourg-Saint-Maurice en attendant notre rapatriement à Paris. Rick promet de s'occuper de ma voiture, sachant sa valeur sentimentale à mes yeux, et sachant surtout la délicatesse des employés de fourrière.
Une fois seul dans ma cellule, je prends soudainement conscience du pétrin dans lequel je me suis fourré. Au milieu de cette pièce de dix mètres carrés, grise, froide, malodorante, je réalise pour la première fois que cet enfermement pourrait durer un moment. Raison pour laquelle j'accepte la comparution immédiate. Je veux montrer ma bonne volonté de collaborer pleinement. Et montrer au juge qu'à aucun moment jusqu'à nos retrouvailles enneigées je n'avais su qu'Alice était coupable.

Je ne suis finalement pas resté très longtemps en détention provisoire. Après que le juge a entendu et compris toute l'histoire, et compte tenu de mon absence de casier judiciaire, il décide de me remettre en liberté en attendant le procès d'Alice, et donc, indirectement, le mien…

***

12.

Deux ans. Il a fallu attendre deux ans. Interminables. Insupportables. Insoutenable attente que ces vingt-quatre mois pour que le procès ait lieu. Comment espérer que la justice, la prison jouent leur rôle rédempteur quand il faut des années entre un crime et son jugement ? Comment ne pas penser que ce délai renforce la colère et l'esprit de revanche d'un criminel plutôt que de lui faire commencer son processus de rachat auprès de la société ? Toujours est-il que pendant

ces deux longues années, j'ai attendu ce jour. Celui où je pourrais enfin revoir Alice.
Lorsqu'elle entre dans la salle d'audience, je suis saisi par le fantôme que j'y retrouve. Même si je m'y attendais un peu, c'est un vrai choc. Alice est là, mais en fait non. Elle si lumineuse, radieuse, charismatique, éclatante, n'est même plus l'ombre de son ombre. Vêtue d'un pantalon trop large et d'un pullover gris qui flotte de tous côtés, elle a bien perdu dix kilos. Ses cheveux autrefois de jais sont maintenant grisonnant et attachés d'un simple élastique. Elle a des cernes violacés sous ses yeux en amande, son teint habituellement halé est gris comme son pull. Comme son moral aussi sans doute. Et surtout, surtout, son regard si intense, celui-là même qui m'avait hypnotisé jadis, ce regard est vide, vitreux comme celui d'un mort.
Le procès débute, et quand on donne la parole à Alice, elle raconte son parcours, son histoire avec Vincent, et assume chacune de ses responsabilités. Ni plus, ni moins. Elle retrouve un moment la ténacité que je lui connais, et lorsqu'elle regarde le juge et les jurés pour leur assurer que jamais elle n'a eu l'intention de le tuer, ce feu qui brûle en elle se ravive un court instant. Je retrouve alors fugacement mon Alice.
Après deux jours et demi d'audience, l'affaire était en effet malheureusement banale, Alice

est condamnée à douze années de réclusion pour violences ayant entrainé la mort sans intention de la donner. C'est déjà en soi une véritable prouesse que d'avoir trouvé un avocat capable de démontrer qu'il n'y avait pas eu intention de tuer. Même moi, assis dans l'assistance, je ne pouvais m'empêcher de douter lorsque la partie civile montrait aux jurés les photos de la scène de crime. Mais comme toujours, Rick avait tenu parole. Et celle-ci avait dû lui coûter. Après l'arrestation, il était en effet allé écouter les bandes des appels d'urgence. Tout y était : la voix d'Alice, sa panique facile à déceler, et surtout le récit qui collait en tout point avec ce qu'elle m'avait dit. Cet appel fut crucial dans l'esprit du jury. Cela et la minutie avec laquelle la déposition d'Alice à la barre avait été préparée. Cette dernière permettait véritablement d'entrevoir sa personnalité et son émotion face à cette boucherie. Elle la présentait telle qu'elle était : une femme forte mais capable de la plus grande sensibilité. Dans cette déclaration liminaire, les juges lui demandaient de se raconter. C'est ce qu'elle fit. Elle expliqua sa vie, sa jeunesse dans une petite ville de province, elle raconta comment ses parents l'avaient élevée sans chercher à y trouver ni excuse ni misérabilisme : elle venait en effet d'une famille modeste qui ne s'était guère intéressée à elle, mais au lieu d'y voir le terreau d'une insécurité ou d'un manque de confiance en elle, Alice avait au contraire su y bâtir les fondations de cette femme brillante et ambitieuse qu'elle était aujourd'hui. Elle ne chercha pas non plus à dissimuler ses larmes à l'évocation de sa vie maritale, sans à aucun moment cacher le fait que Vincent et elle avaient leurs hauts et leurs bas, comme tout couple à vrai dire. Enfin, elle raconta sa fuite, et comment elle m'avait mis à contribution. Elle me dédouana d'absolument tout. Sans jamais croiser mon regard pendant son récit. Son honnêteté totale, presque désarmante, avait dû toucher le jury.

Si tout se passait au mieux, Alice pouvait espérer sortir d'ici à une dizaine d'années. Pendant tout le procès, elle n'avait eu de cesse de me lancer des regards implorants. Elle était totalement dépassée par ce qu'il se passait et cherchait un regard ami qui pourrait la rassurer. Ce que je tentais de faire malgré mes doutes et mes peurs de la voir condamnée à la peine maximale. A l'énoncé du verdict, je ne saurais dire qui de nous deux était le plus ému. Vraiment un très mauvais film américain, mais la réalité que nous vivions depuis son arrestation n'avait rien à envier à ces films de procès pendant lesquels on s'ennuie prodigieusement pendant deux heures mais dont la fin nous tire systématiquement une

petite larme. Surtout, notre histoire qui avait commencé quinze années auparavant sous des auspices on ne peut plus banals avait pris un tour rocambolesque. Je me retrouvais là, impuissant, à regarder cette femme que j'avais aimé l'essentiel de ma vie d'adulte, partir vers son destin carcéral. On croit toujours que ces histoires ne peuvent arriver qu'aux autres, pourtant j'étais effaré en me refaisant le film de ces vingt-quatre derniers mois de voir à quel point l'équilibre d'une vie est fragile. Alice avait la panoplie complète de la vie tranquille, normale, et il avait suffi d'un geste, d'un instant infiniment court pour que tout bascule vers l'irrationnel et l'infernal. Et je ne pouvais rien y faire...
Grâce à la déclaration d'Alice, j'ai eu droit à un bon sermon et une condamnation pour faux témoignage. En l'occurrence lorsque j'avais menti à Rick, un policier donc un représentant des forces de l'ordre dans le cas présent. Il n'avait pas retenu la complicité, estimant au vu des récits croisés d'Alice et Rick que j'avais agi de bonne foi comme un amoureux éploré et pas comme un organisateur de cavale. J'en fus quitte pour la peur, persuadé que j'allais croupir en prison, réalisant par la même que tout amoureux romanesque que j'étais, quand mon petit confort s'en trouvait menacé, ma lâcheté d'homme revenait au galop. Et puis ce fut tout. A la fin du procès, je me suis

retrouvé chez moi, seul, un peu éberlué par tout ce qui venait de se passer, mais avec aussi une profonde sensation de vide. Après toutes ces histoires improbables, après avoir renoué avec Alice pour finalement la perdre à nouveau, après avoir vécu de manière si trépidante ces aventures, j'étais à nouveau seul et sans avenir précis ni envie quelconque. Ma conviction profonde de la vacuité de la vie faisait un retour triomphal dans la mienne.

Et puis le temps passe Bon an mal an, il me faut bien passer à autre chose, avancer. Tandis qu'Alice vit l'épreuve la plus dure de sa vie, je tente comme je peux de reprendre le cours de la mienne.
A ma grande surprise, retrouver mon bureau jauni, mon bloc opératoire et la grisaille parisienne, bref, ma zone de confort, est pour moi un soulagement. Après tout ce que j'ai traversé ces derniers temps, un peu de routine me fait le plus grand bien. Cela et le fait de pouvoir retravailler avec Rick. Cette histoire invraisemblable avait au moins eu le mérite de me montrer à quel point lui et moi pouvions former une bonne équipe. La Dream Team du glauque. Aussi dès que l'occasion nous est offerte, doux euphémisme pour parler d'un meurtre sordide du côté de Montmartre, nous mettons nos compétences et notre

complémentarité au service de l'enquête, pour notre plus grande joie ! (sic)

Et c'est ainsi que la vie reprend peu à peu son cours. J'ai interdiction par la justice de rendre visite à Alice, je dois me contenter des quelques infos que Rick parvient à glaner par ses contacts à la maison d'arrêt. Ce silence est sans doute rédempteur pour moi mais il me ronge aussi car je ne peux rien faire pour elle. Ce contexte m'oblige néanmoins à lâcher prise, ce qui n'est pas mon fort quand il s'agit d'Alice. Après une période de transition d'une longueur certaine, disons plusieurs années, je me décide aussi à côtoyer à nouveau le sexe opposé. J'ai même une ou deux histoires plus suivies. L'une de ces deux femmes, Jana, est sans conteste celle qui a le plus compté. Allez savoir pourquoi, cette femme brillante a eu un coup de foudre pour moi. Russe, diplomate, elle travaille pour plusieurs ONG internationales. Nous nous rencontrons justement lors d'un colloque sur la criminalité dans les mégalopoles. Vaste programme. J'y assiste en tant que légiste et elle en tant que représentante d'une organisation humanitaire russe. (Oxymore)
Jana est grande, a une coupe au carré qui lui donne un air strict, à l'opposé de sa folie intérieure que je vais découvrir avec le temps. Elle est aussi athlétique, avec une

prestance et un regard à la fois charmeur et qui respire l'intelligence. Très vite nous nous sentons des atomes crochus. Jana me parle de ses activités, je lui explique ce que je fais et comment je le fais pour démasquer les criminels. J'omets légèrement de dire que je ne démasque personne, que je trouve simplement les causes du décès, mais vu sa rapidité de percussion, je ne doute pas un instant qu'elle le comprenne très bien et me laisse simplement me vanter un peu pour flatter mon égo, qui en a bien besoin.
Elle aussi, comme tout un chacun passé un certain âge, avait eu une histoire d'amour compliquée avec un garçon moscovite, un dénommé Mickail. Nous étions chacun l'épaule salvatrice de l'autre. Nous n'avions rien en commun, ni amis, ni famille, ni collègues, tant et si bien que nous pouvions absolument tout nous dire. Et puis, l'honnêteté m'oblige à le reconnaître, nous adorions nous retrouver comme cela au gré du vent et de nos colloques respectifs, sans engagement, sans fausses promesses, et de très doux et bons moments partagés à chaque fois. La première fois d'ailleurs mérite un aparté. Après un diner, je la raccompagne à son hôtel sous une pluie torrentielle. N'osant pas franchir le pas (comme d'habitude), je ne tente rien et la laisse rentrer dans le hall. Environ quatre secondes après, je regrette déjà de ne pas

l'avoir embrassée. Aussi je fais immédiatement demi-tour pour tenter de la rattraper avant qu'elle prenne l'ascenseur. Mais alors que j'arrive devant, quelle n'est pas ma stupéfaction de voir qu'elle aussi a rebroussé chemin. Je m'arrête net en la voyant, nous nous observons deux ou peut-être trois secondes, et comme dans le pire des téléfilms d'M6, nous nous embrassons fougueusement, passionnément, sous une pluie battante, nos visages et nos cheveux trempés s'entremêlant sans s'en soucier un instant. Incontestablement mon meilleur premier baiser.

Et puis peu à peu nos retrouvailles s'espacèrent. Il n'avait jamais été question de passion ou d'un amour à vivre, aussi le feu qui nous attisait à chaque fois que nous nous revoyions finit par s'éteindre calmement, sans bruit et sans souffrance. Mais au milieu de cette vie partagée entre les morts, un appartement vide et pas grand-chose entre les deux, Jana fut un réconfort magnifique et passionnant. Lorsque je compris qu'il n'y aurait pas de prochaine fois, je me contentai de reprendre ma petite routine, enrichi de cette belle rencontre.

C'est un peu comme cela que se déroulèrent les années suivantes de ma vie. Entre solitude salutaire et aventures solidaires. J'avais le chic pour trouver les âmes en peine, comme la mienne. Avec plus ou

moins de réussite, mais on peut dire que je confirmais l'adage qui veut qu'une femme dans sa quarantaine vieillit tandis qu'un homme mûrit. Étant châtain, je ne pousserai pas le cynisme jusqu'à dire que j'avais mon petit air Clooney, mais force est de constater qu'en comparaison avec la jeunesse, je plaisais substantiellement plus à la gent féminine à quarante-cinq ans ! A moins que les femmes soient simplement moins difficiles à cet âge...Je préférais vraiment la première option et pour ma santé mentale j'avais décidé de m'y tenir.
Quant au boulot, mon caractère mi- cynique mi- naïf associé à la droiture et la perspicacité de Rick font à nouveau merveille. Nous résolvons quantité d'affaires en additionnant nos compétences et notre complicité. Passés les premiers mois, Rick a comme rangé dans un coin de ses souvenirs ce sombre moment de notre amitié et n'y a plus jamais fait allusion, même lorsqu'il me donnait de sporadiques nouvelles d'Alice en prison. J'ai appris par lui que les premiers mois furent les pires, et qu'après avoir embrassé à pleine bouche la dépression, elle avait peu à peu refait surface en se décidant notamment à sociabiliser avec ses congénères, ce qui n'était pas peu de choses quand on connaît son caractère et son affection toute particulière pour la solitude. Mais l'Homme est ce qu'il est, et au

moment de choisir entre la mort et l'instinct grégaire, Alice a fait comme tout le monde. J'étais ravi de l'apprendre.
Je n'ai pas su grand-chose d'autre, les informations sur sa détention me parvenant au compte-gouttes. Rick me rassurait au fil des mois et des ans. Elle était en effet entrée dans une routine qui, en prison, était forcément salutaire.

Et puis un jour, Rick m'appelle pour me prévenir que l'avocat d'Alice a formulé une demande de libération anticipée. Neuf années ont passé. Une éternité. J'ai sans doute pensé à elle chaque jour ou presque, mais dans ma totale liberté de mouvement, je n'ai pas réalisé combien le temps avait filé. Je prends conscience alors qu'Alice a dû traverser l'enfer et plus encore, et que je n'ai pas été là pour elle. Malgré nos promesses de jeunesse, malgré nos âmes-sœurs et notre indéfectible relation, je n'avais rien pu faire pour l'aider un peu. A ce constat sans appel, je suis pris d'une profonde tristesse et d'une angoisse terrible : comment vais-je la retrouver ? On sait tous que la prison change un Homme, mais connaissant Alice, je ne savais pas à quel point la privation de liberté l'avait détruite.
Je n'ai pas tardé à le savoir. Fermement décidé à venir l'accueillir à sa sortie, je prends pour la première fois, avec

l'assentiment de son avocat, contact avec elle. Un contact froid puisqu'épistolaire, mais peu m'importe. Ce fil d'Ariane qui nous avait lié toute notre vie d'adulte pouvait maintenant se renouer. Nous convenons que je viendrai la chercher avec ses parents afin qu'elle ait au moins une paire d'yeux bienveillants, compréhensifs et affectueux. La seule maigre trace d'émotion que je peux déceler dans sa lettre est un « J'ai hâte si tu savais ». Je ne sais si en écrivant cela elle pense à sa sortie ou à nos retrouvailles, mais je trouve déjà positif le fait qu'elle puisse encore ressentir de la joie, de l'impatience bref, ces sentiments prometteurs qui nous abandonnent parfois quand le désespoir prend le pas sur la vie.
C'est donc extrêmement survolté que j'attends le jour J. Les sorties se faisant au petit matin, je dois en effet tout préparer la veille pour n'avoir plus qu'à me lever, me doucher et y aller. Pour la première fois depuis bien longtemps je me surprends à ressentir l'excitation, comme seul un enfant peut ressentir dans l'attente d'un événement important. Je me rase, choisis avec précaution ma tenue, dine sobrement et me couche tôt pour limiter au maximum les effets désormais incontestables du temps sur mes cernes et autres rides. Je tente vainement de lire un peu, toutes mes pensées étant pour ce moment tant de fois

fantasmé. Comment allons-nous nous retrouver ? allons-nous nous regarder ? nous étreindre ? être gênés ? retrouver nos marques instantanément ? Je n'avais pas la réponse à ces questions, mais c'était tellement bon déjà de pouvoir se les poser en sachant qu'elles trouveraient leur réponse le lendemain. J'avais attendu ce moment si longtemps.
Bien-sûr je tourne et retourne dans mon lit, ne trouvant ni le sommeil ni la bonne position. Je vérifie l'heure sur mon portable maintes et maintes fois, puis, alors qu'enfin le sommeil se décide à se montrer, la sonnerie d'un texto retentit. Encore brumeux, je saisis mon téléphone. Un numéro inconnu.

Le message est d'Alice. Un long texto dans lequel elle explique m'avoir menti de quelques jours sur sa date de sortie de prison. Qu'elle ne peut plus supporter ce qu'elle est devenue et qu'elle préfère éviter d'alourdir encore la note de ce qu'elle me doit. Et que par conséquent, elle refuse mon aide. Elle part, sans savoir où, comment ni même quoi faire, mais elle part, seule, pour se reconstruire et redevenir au moins un peu elle-même. Elle conclut en me disant que ce n'est pas un adieu ni même un au revoir, simplement une dernière faveur qu'elle me supplie d'accepter : celle de lui pardonner et

de lui laisser le temps de revenir parmi les vivants. Elle achève par un « pardon, ton AS ».
Je reste prostré une bonne demi-heure, tentant sans succès de retrouver mes esprits et ma fierté encore une fois piétinés. Je parviens finalement à admettre la réalité de la situation. Après neuf années de silence, Alice avait donc, à nouveau, choisi la fuite. Après tout ce que j'avais fait, et même si je n'attendais aucune contrepartie particulière (à part une quarantaine d'années d'amour passionnel, trois gosses et une Citroën C4 Picasso, une broutille en somme), elle m'abandonnait. Encore.
Ce qui est très étrange, c'est que je comprenais complètement ce qui avait pu lui faire prendre cette décision. Je n'étais donc pas dans l'incompréhension. J'étais simplement abasourdi de ne pas l'avoir vu venir. D'avoir cru que tout pouvait se passer comme je l'avais prévu, voulu, espéré. Moi l'incarnation de la loi de Murphy, j'avais pour la seconde fois de mon histoire avec Alice fait confiance à la vie, cru à un possible heureux, à un dénouement magistral et positif. J'avais été d'une naïveté incroyable et je ne comprenais pas pourquoi dès qu'il s'agissait d'elle, je perdais toute capacité de lucidité, en tout cas de ce qui constituait mes croyances profondes, à savoir que lorsque l'on entreprend quelque chose il est fort

probable que tout se termine très mal, sauf à avoir un incroyable et rare coup de chance. Je le savais depuis toujours pourtant, mais cette fois encore je m'étais perdu dans son regard. Il était évident, et ce depuis des années, qu'Alice ne m'aimait pas comme je l'aimais, mais mon désir inextinguible de croire en notre histoire m'avait aveuglé au point de perdre toute capacité d'analyse et de réflexion sur ce qu'un autre aurait compris depuis des lustres. A trop voir Alice enfermée dans ses geôles, j'en avais perdu de vue que je l'étais moi aussi. Dans mes envies, dans mes fantasmes, dans ce monde fictif que j'avais créé pour nous et qui venait de m'exploser au visage. J'ai réalisé alors que la vie que je menais ne me convenait plus. M'avait-elle d'ailleurs jamais convenu…Il était plus que temps d'opérer des changements, et c'est bien ce que je comptais faire.

***

Le jour même de la réception de ce sms, j'appelle Rick pour lui exposer les derniers rebondissements de mon roman à l'eau de rose. Au silence qui s'ensuit à l'autre bout du fil, je comprends encore mieux l'ampleur du pathétisme dans lequel je me suis englué. Malgré mon insistance à quémander son avis et ses conseils, il n'est pas d'une prolixité flagrante puisque à la fin de mon récit, il se contente d'un « oh merde ». Mais il me propose de diner ensemble le soir même, ce que j'accepte avec soulagement, l'idée de me retrouver seul dans mon appartement entièrement décoré aux goûts d'une femme qui vient de me planter pour la seconde fois m'enchantant modérément.

- Putain celle-là elle a quand même tout le package !

Ce sont les premiers mots de Rick lorsque nous nous retrouvons au restaurant. Trente années d'une amitié sans failles ne m'empêchent pas de penser intérieurement que mon camarade de vie est décidément un homme plein de tact et de subtilité. Et en même temps, il a comme très souvent parfaitement raison.

- Je vais partir je crois, dis-je pour faire avancer un peu la réflexion.
- Pour aller où ?
- Je sais pas, mais j'en ai marre de cette vie sans but, sans relief.
- Hou la, y'en a un qui nous fait sa pré-crise de la cinquantaine ou je rêve ?!
- Haha, peut-être qu'il y a un peu de ça, mais tu sais, le fait qu'Alice m'ait planté…
- Pour la deuxième fois…

- Pour la deuxième fois oui, merci…je me suis aperçu que j'avais tout organisé en fonction d'elle. Donc elle partie, je n'en voyais qu'avec plus d'évidence la vacuité totale de ma vie.
Rick, tripotant son portable.
- Waouh, attends, je cherche le mot vacuité je reviens !
- Cherche « connard » pendant que tu y es tiens, ajoutai-je dans un sourire. Un petit silence, puis :
- Tu sais quoi ? je pense que t'as raison Amigo. Je pense que c'est le bon moment. Voir un peu de pays, sortir de ton petit train-train, de ton petit confort feutré. A mon avis ça ne peut te faire que du bien.
Simple. Efficace. Sincère. Rick. Son soutien aussi soudain que définitif me réchauffe le cœur et m'encourage encore un peu plus dans ma démarche. Rick me promet en quittant le restaurant, après m'avoir bien-sûr laissé payer la note, qu'il m'aidera aussi souvent que j'en aurai besoin, que ce soit dans mes démarches ou pour déménager et entreposer mes affaires. Son offre me rassure parce qu'autant dire qu'avec mon caractère et ma vision du monde un brin négative je n'ai pas pléthore d'amis à solliciter. J'ai d'ailleurs moi-même toujours refusé ces demandes d'aide d'amis plus ou moins proches qui, sous couvert « d'un pique-nique pizza bière à la maison en

échange d'un coup de main ça vous tente ils annoncent beau ce week-end lol » vous squattent vos samedis et vos vertèbres lombaires. Je ne peux donc décemment pas utiliser le même stratagème pour économiser un déménageur. Ceci dit, avec ma détermination nouvelle à tourner la page, je suis surpris de constater que le tri de mes affaires et leur déménagement ont été assez rapides à faire.
En moins de trois semaines, j'avais demandé un congé sans solde à l'institut médico-légal, donné mon préavis à mon propriétaire et débarrassé l'appartement. Un exploit digne de Frison-Roche pour le procrastinateur chronique que je suis. Une fois déclaré officiellement apatride, je décide de passer mes derniers jours parisiens chez Rick.

Lorsque j'arrive chez mon ami, je constate avec stupéfaction qu'il est aux fourneaux. Un point important que je n'ai pas encore mentionné. Rick ne cuisine JAMAIS. Il trouve que manger est une perte de temps et ne le fait que parce que...ben parce qu'il faut bien hein. Aussi appréciai-je tout particulièrement l'attention. Ce fut proprement immangeable, mais peu m'importait. J'étais incroyablement reconnaissant d'avoir un ami comme lui. Nous passons notre dernière soirée à refaire le monde, et surtout notre passé commun, comme deux amis qui savent qu'ils vont bientôt se quitter. Rick retrouve de vieilles photos de nous la mèche pendante et le visage fleuri. Je lui rappelle ces moments où nous fumions en cachette dans un immeuble désaffecté jouxtant notre lycée. C'était vraiment agréable de repenser à ces temps bénis où les seuls problèmes que nous avions, bien qu'ils nous semblaient insurmontables à l'époque, étaient les notes et les filles. Dans le désordre cela va de soi. Ce n'était pas pour autant une soirée nostalgique, simplement un besoin partagé d'ancrer notre lien dans le temps pour nous préparer à la dureté de l'éloignement. Éreinté par ce trop plein d'émotions et de changements, moi le rétif à toute nouveauté, je quittai Rick vers minuit pour me reposer un peu avant ce grand saut vers l'inconnu.

13.

Le premier jour du reste de ma vie. C'est un peu comme cela que je me lève environ quatorze heures plus tard, les synapses embrumées mais le corps reposé

et reconnaissant. Titubant jusqu'à la cafetière, je trouve le mot que Rick m'a laissé.
« Une affaire. Parti bosser. Glande bien faignasse. PS : fais comme chez toi »
Je comptais bien en effet jouir pleinement de ce magnifique loft, véritable aimant à milfs. Je prends mon temps, me prélasse à peu près partout, dans le canapé en authentique peau de vache charolaise, aux toilettes avec écran LCD incorporé (regarder une chaine d'info en déféquant, sorte de pléonasme régressif), dans le bain, bref, je prends un peu de temps pour moi. Mais comme souvent chez les hyperactifs du bulbe, quand il est en errance intellectuelle, le cerveau reprend vite le contrôle de la situation pour mouliner de plus belle et vous renvoyer à vos préoccupations. C'est donc tout naturellement que, commençant à m'ennuyer sec, je me remets à gamberger. Et après toutes ces années je dois avouer que tel un réflexe pavlovien, lorsque mon cerveau part dans ses tracas, c'est généralement pour aller vers Alice.
Et j'ai beau retourner les choses dans tous les sens, Je ne parviens pas à comprendre pourquoi elle est partie comme cela. Comment peut-on être si proche et dans une relation si profonde avec une personne et ne pas ressentir le besoin de se tourner vers elle lorsque on est au plus mal ? Autant je

pouvais imaginer sa honte, sa pudeur, son envie que je ne la voie pas dans cet état, mais malgré cela, mon cerveau ne pouvait encaisser le fait qu'elle me laisse à l'écart au lieu de s'appuyer sur moi. Puis je me mets à repenser à la phrase que Rick m'avait lâchée la veille avant d'aller se coucher :
« Tu sais, peut-être qu'elle a simplement tourné la page... ». Même lui avait l'air désolé en le disant. Sur le moment je n'avais même pas relevé, engoncé dans ma certitude que cela n'était pas possible, mais après un peu de réflexion, je me prends à croire que c'est en fait une option crédible. Tragique aussi. Moi qui m'imaginais de folles retrouvailles au ralenti, les cheveux au vent et la pluie ruisselant sur nos visages soyeux, je n'aurais en fait droit qu'à un silence, un vide intersidéral, une absence totale de réaction de la part de mon éternelle promise ?
Cette pensée me mortifie et me plonge dans des réflexions à la fois très diverses mais avec toutes un point commun : mes emmerdements à venir. D'Alice, je pars sur mon avenir, puis glisse sur le travail, jusqu'à ce que mes cogitations se transforment en gros coup de blues et que je décide pour y mettre fin d'aller me faire une toile.

Je fais halte dans un cinéma MK2 d'Arts et d'essai. Je décide de me faire la

rétrospective sur Georges Méliès. Non je déconne. Je prends le film dont je suis le plus sûr qu'il va produire l'effet escompté, à savoir un abrutissement total de cellules nerveuses, neurones et muscles dans leur absolue globalité. J'entre donc dans la salle dix-huit de ce majestueux multiplex à trente salles aussi intimiste et chaleureux que la queue d'une caisse Carrefour un vingt-quatre décembre à seize heures.
Dès les premières images, je ne regrette pas mon choix. « Dans une galaxie très lointaine tout ça tout ça » ...c'était parti pour le cent quarante-septième opus de Star Wars, que j'ingurgitais comme une oie le blé en Octobre. L'entonnoir en moins.
Revigoré par deux heures trente de pure culture, je fais le choix improbable pour quiconque me connaissant depuis quarante-cinq secondes de rentrer à pied et de me balader un peu dans Paris.

En rentrant de cette promenade rafraichissante, je me sens conforté dans ma décision. Décidément, vivre ici ne me correspond plus. Les grandes villes, bruyantes, étouffantes à tous points de vue me sont devenues insupportables. Je me sens oppressé malgré la grandeur, compressé, écrasé par la hauteur des bâtiments qui dans certains quartiers semblent prêts à se rejoindre à leur sommet,

tout en haut du ciel. Je dois dire que je ne comprends pas ce besoin qu'a l'Homme de bâtir plus haut, plus grand, comme si finalement le rapprochement et la promiscuité agissaient comme des aimants repoussoirs : plus les gens cohabitent, plus il y'a de problèmes, et inversement, les gens vivant en village ou dans des contrées reculées se solidarisent naturellement. J'avais besoin de cet air-là, de ce changement aussi.
Bien décidé à rendre la pareille alimentaire à Rick, je prépare à mon ami un dîner digne de ce nom. Nous passons une soirée chaleureuse, fraternelle, alcoolisée aussi un peu, ce qui explique au moins pour partie les deux premiers qualificatifs. Nous avons en effet lui comme moi l'étreinte radine et la larme pusillanime. Il m'encourage dans mon projet, sans retenue ni réserve, ce que j'apprécie follement, les amis étant avec vous sans réserve et sans retenue n'étant pas légion. Moi le conservateur, le frileux, le conforme, le confortable, je me prépare à sauter d'une falaise sans parachute, en me disant juste que mon blouson fera l'affaire pour amortir la chute. Impensable chez l'ancien moi. Mais voilà. Le temps et l'abandon étaient passés par là.
Cette vie que je choyais comme un joyau de peur de la briser trop tôt, j'avais enfin pris conscience qu'elle était sans relief ni

contraste, deux éléments qui, au moment du bilan final, font la différence entre une peinture sublime et une croute absconse. Entre vivre et être en vie.

Arrivés Gare de Lyon, Rick me rend mon pauvre sac, aussi vide que ma vie ces derniers temps, et me donne une de ces accolades masculines qui veut montrer « je suis un mec » mais qui dit en fait « tu vas me manquer mon pote ». Je lui rends son affection d'un regard reconnaissant, puis nous nous quittons sur un ultime échange, le résumé de trente ans d'amitié :
- Fais gaffe à ta gueule, me dit-il.
- Je vais essayer ça tiens bonne idée, lui rétorquai-je dans un clin d'œil.
Et voilà. Fin d'une époque. Je le regarde s'éloigner sans se retourner. Pas le genre de la maison. Il repart vers ses propres turpitudes tandis que je monte dans mon train direction le sud.
Une fois installé à ma place entre une jeune étudiante et une famille qui décide de pique-niquer, parfumant tout le wagon d'une délicieuse odeur de cornichon à neuf heures du matin, je me laisse bercer par le roulis du TGV et les paysages sublimes qui s'offrent à moi en cette fin d'Automne. Mes rêveries m'emportent au gré des vallonnements bourguignons, des champs aux couleurs orangées, des montagnes se laissant

entrevoir au loin entre deux nuages brumeux, et pour finir, ce moment que j'ai toujours aimé, la mer, cette maitresse tant désirée par des millions de français qui font chaque année des centaines de kilomètres pour la retrouver quelques jours tels un amant fébrile. Cachée derrière reliefs et immeubles, elle se révèle enfin au détour d'un tunnel pour me ravir les pupilles. Au loin les îles du Frioul, le château d'If. Et Edmond Dantès qui me nargue avec son évasion magistrale. J'aurais tant aimé jouer le remake avec Alice.
A peine arrivé à Marseille, je décide de marcher jusqu'à ma destination finale, que je n'ai à vrai dire toujours pas décidée. Je prends tout mon temps et commence ma déambulation par le vieux port. Une fois parvenu au fort Saint-Jean, je rejoins la corniche Kennedy au niveau de la plage des Catalans. Mon errance se transforme alors en ravissement. A chaque centaine de mètres, je ne peux m'empêcher de m'arrêter, esbaudi par le panorama marseillais. Tantôt le vallon des Auffes et sa célèbre Fonfon, tantôt le magnifique monument aux morts de l'armée d'Orient, la pointe rouge, les Goudes et enfin, le lieu où, je l'ai su dès que je l'ai vu, j'allais poser mon paquetage, au moins pour un temps : le Cap Croisette.
Ce lieu a ceci de magique qu'il est au cœur de Marseille mais semble hors du monde et

du temps. Un village au milieu d'une mégalopole, entouré de ces pierres verticales et blanchâtres caractéristiques des calanques. Un havre pour ma paix. Peut-être. J'ai toujours pensé qu'à emmerdes égales, la beauté d'un lieu, le bleu d'un ciel ont ce pouvoir de vous permettre de surmonter plus facilement. C'est ce à quoi j'aspirais aujourd'hui. Un peu de quiétude et de sérénité. Le hasard de mon errance m'amène jusqu'aux portes d'une petite boulangerie. Je n'ai rien mangé depuis la veille au soir, et mes gargouillis intestinaux se chargent de me rappeler à l'ordre. Je demande donc au vendeur un pain au chocolat (oui, une chocolatine !) lorsque je remarque un papier collé sur la caisse : « studio à louer, proche mer, toutes commodités ». Traduction : cage à lapin avec vue sur les poubelles et une douchette en face des chiottes. Mais je me moque éperdument de mes conditions de vie pour l'instant. Cet endroit m'inspire et mon instinct me dit que je pourrais y être bien. Aussi décidai-je d'appeler, et l'après-midi même, l'affaire est entendue. Bizarrement, lorsqu'un propriétaire veut faire du black avec l'arrière-boutique de son salon de coiffure, il est un peu moins regardant sur le dossier à fournir ou sur le passé du locataire. Après m'avoir observé pendant la visite de mon futur palace, il me dit que le loyer est de cent cinquante euros par semaine payable en liquide chaque lundi…Je lui aurais bien demandé mes quittances ainsi qu'un relevé fiscal pour les impôts mais mon instinct infaillible de chasseur me chuchote que ça n'est sans doute pas une merveilleuse idée. D'un commun accord avec mon petit doigt, je ferme donc mon gigantesque clapet. Une fois n'est pas coutume. Nous échangeons une poignée de main que je qualifierais de virile, l'hématome que j'ai eu sur la main les huit jours suivant signifiant très clairement que toute tentative de dénonciation se solderait par l'ablation de tout ou partie de mon anatomie.

Me voici donc installé dans mon home sweet home cosy, mi- appart mi- débarras, à l'image de mon cerveau et de ma vie en somme. Malgré tout, j'y prends mes marques avec une facilité déconcertante. Autrefois si dépendant de mon petit confort pour me sentir bien, j'ai ce sentiment étrange d'être à la fois moi et en même temps cette autre personne en gestation. Ce qui, à dire vrai, ne me déplait pas. Je suis comme ces personnes qui perdent leur téléphone portable et découvrent avec stupeur à quel point on peut vivre sans.
Après avoir arpenté les alentours faits de petites rues tortueuses et d'odeurs iodées, je me mets en quête d'un boulot. Car oui, ma

vie n'étant définitivement pas une série américaine, il me faut rapidement penser à l'aspect pécuniaire de mon quotidien.
La chance, le hasard ou la destinée, selon son obédience personnelle, a mis sur mon chemin le job et plus encore. J'avais pris l'habitude lorsque mon budget me le permettait d'aller manger un morceau à la baie des singes, ce restaurant jonché sur les pierres d'albâtre et l'eau turquoise. Tellement reculé en fait qu'il n'y a que deux moyens d'y parvenir : à pied par la montagne, ou en bateau. N'ayant pas de yacht, j'optais pour la balade vallonnée, et en arrivant enfin j'avais le sentiment d'avoir mérité ma récompense : un panorama à couper le souffle, cette eau cristalline si éloignée de l'esprit d'un Homme que je pourrais la contempler des heures, sur l'île en face ce très vieil édifice en ruine datant probablement des « calanques » grecques, et bien-sûr, parce qu'on ne va pas non plus se nourrir de beaux paysages et de cailloux grisâtres, des plateaux de fruits de mer à damner un saint.
Après quelques semaines passées à grossir leur chiffre d'affaires mensuel, je finis par sympathiser avec le patron, une sorte de vieux loup de mer tout droit sorti d'un roman de Melville ou Jules Verne. Sauf qu'il existe bel et bien et qu'à part sa gouaille marseillaise et ses histoires incroyables sur

son pays, il est bien loin des clichés que son physique pourrait laisser penser. Il faut néanmoins dire qu'il avait bien chargé la note pour rentrer dans la case du stéréotype marseillais : le teint halé de janvier à décembre, la peau burinée, un nombre de tatouages à se demander quelle est sa couleur de peau originelle, les cheveux gris mais longs et gominés, et bien entendu affublé d'un maillot de l'OM à son nom et dont il arbore fièrement la fameuse étoile qui signifie dans le cœur de chaque marseillais « A jamais les premiers ». Les footeux auront compris la référence. Les PSGistes aussi.

Après nous être raconté nos vies et avoir vidé l'équivalent d'un petit pays en alcool, il me demande sans plus de formalisme si travailler ici de temps à autre me tenterait. Tour à tour serveur, plongeur, pêcheur, homme à tout faire quoi, quand le besoin s'en ferait sentir.

Je lui demande quelques jours de réflexion, mais primo Bernard n'est pas homme à attendre, et secundo, ma réflexion est abrégée en un instant lorsque je consulte mon relevé de compte sur mon téléphone.

C'est ainsi qu'en peu de temps je suis passé de médecin légiste sans avenir à...serveur sans beaucoup plus d'avenir, mais dans ce paradis absolu. J'aime cet endroit chaque jour un peu plus. La nature, la simplicité de

la vie, le sentiment de liberté que seul l'horizon infini d'un bord de mer peut inspirer à un homme. J'aimerais à cet instant qu'Alice soit avec moi. Je crois que j'avais simplement trouvé mon coin de sérénité et j'aurais aimé le lui montrer.
Dire que j'étais en paix serait néanmoins peut-être un peu présomptueux. Mais enfin, chaque jour, je me lève content de me lever, et me couche souvent...content de me coucher. Ce qui pour moi représente déjà un changement notable. Engoncé dans ma vie capitonnée et cotonnée de camisoles chimiques diverses, je n'avais jamais jusqu'alors, ou si peu, réussi à trouver une harmonie suffisante dans ma vie pour tout simplement la vivre. Il me fallait sans cesse une échappatoire (isolement, alcool, anxiolytiques, somnifères, tout en même temps), je ne manquais pas de ressources pour échapper au quotidien.
A dire vrai, je n'ai jamais été très doué pour vivre. J'ai sans doute d'autres talents, mais vivre n'a jamais coulé de source pour moi. J'ai toujours pensé que la vie était une longue épreuve interminable parsemée de temps à autres de moments heureux volés à la sinistrose.
Aujourd'hui, et pour la première fois depuis bien longtemps, j'ai envie de vivre. Bien-sûr je ne suis pas heureux, bien-sûr j'ai toujours mes moments d'angoisse, de tristesse et de

morosité, mais je parviens parfois à un compromis acceptable avec l'envie de me flinguer.
Ainsi vont s'écouler pratiquement cinq ans. Cinq années durant lesquelles je me redécouvre. Je vis au bord de l'eau, avec pour panorama quotidien un paysage fait d'eaux transparentes et de ciels bleus marine, et les années passant n'y changent rien : je suis chaque jour ébahi par la majesté de ces rivages, à chaque fois différents, à chaque lumière ses couleurs. Moi qui ai passé des années entières dans mon bureau jauni à Vasistas, je suis chaque matin en extase devant ce soleil qui donne vie aux reliefs des calanques. Et je savoure ma chance d'avoir atterri, un peu par hasard, dans cet endroit idyllique qui m'aide chaque jour à relativiser mes ennuis et ma condition.
Après quelques mois de prise de marques, la baie des singes devient mon repère. J'y travaille quasiment à temps plein, et lors de mes rares moments de temps libre, c'est également ici que je viens pour me changer les idées et bavarder avec Bernard et les collègues. Passés les premiers quolibets dus à mon origine géographique, mes nouveaux amis locaux m'avaient pleinement accepté et je me sentais de jour en jour davantage marseillais. Et ce même si le patron Bernard me répétait à l'envi que quoi que je fasse, je ne serais jamais marseillais. Il aimait me

taquiner un peu mais je crois surtout qu'il se retrouvait un peu en moi. Lui le bourru, le taciturne, avait vu clair dans mon jeu et s'était pris d'affection pour l'éclopé du cœur que j'étais. Il ne l'admettrait évidemment jamais, s'acoquiner avec un parigot pouvant lui valoir le dépôt de bilan, mais peu m'importait, je voyais dans ses yeux l'affection et le respect. Que je lui rendais bien.

Parfois, lorsque nos emplois du temps le permettaient, il m'emmenait avec lui pêcher les poissons du jour. C'était à chaque fois un moment incroyable, hors du temps. Il fonçait à toute allure vers les différents spots qu'il connaissait par cœur, et pendant ce temps, je me laissais griser par le vent aux relents d'océan. Il m'apprit ainsi comment appâter, comment mouliner, comment ferrer, et je me révélais plutôt doué dans cet exercice aux antipodes de ma vie citadine.

Ainsi, ce moment d'apprentissage est devenu au fil du temps notre rendez-vous, celui pendant lequel il se livrait à l'abri des regards et des jugements. Celui aussi où je lui racontais mon histoire. Ma vie, mon ancien métier de charcutier comme il disait, et bien-sûr, Alice. Lui non plus ne jugeait pas. Il se contentait de me dire comment lui aussi un jour avait follement aimé. Mais il ne voulait pas s'étendre. Il avait cette pudeur typique des durs à cuire qui refusent comme

une honte de s'épancher sur leurs blessures. Je n'insistais pas bien-sûr, déjà heureux d'avoir le privilège de ces avares confidences maritimes.
Plus le temps passe plus je me sens à ma place dans cette nouvelle vie. Une vie plus simple, plus proche de la nature, qui me convient à un point que je n'aurais pas même soupçonné si je ne l'avais pas vécue. Le Hulot du pauvre. Et même si mes démons me rattrapent encore parfois, j'ai la conviction profonde d'avoir trouvé une certaine forme de bien-être, d'harmonie.
Rick me rend visite de temps en temps, au gré de ses congés et de ses envies. C'est toujours un plaisir de le voir, de parler un peu. Il assistait au premier rang à ma mue vers la sérénité et ne cachait pas son bonheur de me voir vivre un peu. Je lui ai présenté mes nouveaux compagnons de route et bizarrement (sic) il a tout de suite sympathisé avec Bernard. Le bourru et le cash. Deux versions d'un même personnage. Mes deux amis.
La seule chose qui m'a manqué pendant ces cinq années a été l'absence totale de rencontre féminine. Il y avait bien quelques clientes, mais personne qui me faisait frémir plus que ça.

14.

Et puis un jour, contre toute attente, je suis tombé sous un charme. La période estivale étant propice aux jobs...estivaux donc, une jeune femme de vingt-trois ans, en fin d'études de psychologie, a fait irruption dans ma vie comme un bouton sur le front d'un ado : sans crier gare. Et à ma plus grande surprise. D'une part parce que j'étais toujours tourmenté par Alice et son silence, et d'autre part parce que de tous les sentiments de la palette humaine, s'il en est un sur lequel je ne misais pas, c'est bien celui-ci ! l'envie, le coup de cœur, le coup de charme. D'un sourire, d'une entourloupe au patron, d'un regard enjôleur elle m'avait accroché l'iris et apparemment le lob frontal aussi. Elle s'appelait Gabrielle et une fois ôtés tous ses défauts de jeunesse, ses minauderies occulo-capillaires et sa séduction permanente et maniérée avec les clients, je voyais en elle quelque chose d'indéfinissable, et c'est bien cela qui m'attirait, au-delà d'un minois que je qualifierais de somptueux. Grande, élancée même, Gabrielle était à peu près l'antithèse physique d'Alice ! Blonde, grande, voluptueuse, un grain de beauté le long du

nez, elle assumait pleinement ses légères rondeurs et respirait le bonheur.
Elle avait dans ses fins de sourires et dans la brièveté de ses regards perdus dans le vague, l'espace d'un court instant, cette profondeur que seule la souffrance et l'épreuve peuvent graver en vous. C'était toujours fugace, elle jouait son personnage à la quasi-perfection, et seul un infime craquellement dans le vernis me laissait entrevoir l'indicible.
Bien-sûr je devais être un ancêtre à ses yeux, mais peu m'importait. Je nous trouvais beaucoup de points communs, du moins dans l'interprétation que je faisais de cette brume légère qui couvrait furtivement son si joli visage parfois. Pire encore, j'avais le sentiment qu'elle aussi sentait cela. Comme si les malheureux se cooptaient. Si on reconnaît paraît-il le bonheur au bruit qu'il fait lorsqu'il s'en va, je pense aussi qu'on reconnaît le malheur dans la tristesse d'un sourire de celui qui l'a vécu. Cette femme si jeune et si rayonnante avait souffert, je ne savais pas de quoi mais je l'aurais juré. Surtout, je comptais bien le découvrir.

J'ai laissé passer quelques jours, que ma nouvelle obsession prenne ses marques et m'identifie clairement comme l'un des piliers de l'établissement, puis, avec ma finesse coutumière, je me suis rapproché

jour après jour un peu plus. Il n'aura fallu que trois semaines à peine pour qu'elle me sourit et me dise bonjour. Un triomphe !
Et puis enfin un jour je gagne un concours. Celui de circonstances, pour paraphraser l'une de mes idoles, Coluche pour ne pas le citer. Une soirée calme, le patron agacé par le silence des tables vides et le cancan des cuistots pleins, congédiant tout le monde et nous demandant à Gabrielle et à moi de bien vouloir fermer la boutique. Le guet-apens parfait, un coup de la panne version resto, en à peine moins cliché. Si ce n'est que je n'en n'étais pas l'auteur, ce qui m'exonérait aux yeux de ma convoitée de toute velléité manipulatrice.
Et nous voilà donc à rangeouiller tout en fumant et buvant des coups à la santé du patron. Le paysage idyllique rajoutant au ridicule de la situation, qui se rapprochait dangereusement d'un télénovela mexicain. La courbe de nos prudences réciproques croise celle de notre alcoolémie deux ou trois heures plus tard, les confidences se faisant alors plus intimes et les regards plus intenses, bien que vitreux pour être tout à fait sincère et rendre à Pernaut ce qui lui appartient. Des mains se frôlent, des regards gênés et plus appuyés s'échangent, mais rien ne se passe cette nuit-là. Pourtant, c'est l'une des plus exquises depuis bien longtemps.

Entre deux fous-rires sans cause apparente, j'apprends ainsi qu'elle a aimé une fois, comme moi, et que ça lui a fait mal à la fin, comme moi (et les neuf-dixième de la planète ok ça ne veut rien dire), et qu'elle et l'amour ont décidé de rester bons amis mais sans plus. A vingt-trois ans.
Elle porte pourtant en elle ce paradoxe de la candeur désabusée, du cynisme fleur-bleue qui n'appartient qu'aux vierges de l'existence, ceux qui découvrent la dureté, la cruauté de la vie, souvent à leurs dépens, mais dont une partie d'eux veut encore croire au possible d'un Amour total, absolu. Elle semble penser sincèrement n'avoir plus envie d'aimer, et cependant chaque pore de sa peau, chaque grain de son iris, chaque ridule de son sourire dit au monde entier « Aimez-moi, follement, passionnément, infiniment ». C'est ce mélange, ces nuances entre gris clair et gris foncé qui m'aimantent au fur et à mesure que je la découvre. Puis mon hémisphère cérébral droit reprend le contrôle et je fais tout pour réfréner cette envie, ce désir inattendu et irrépressible. Nous avons presque vingt-cinq ans d'écart, cela me semble donc non seulement impossible, mais immoral, quand bien même Monsieur le Juge n'y peut plus rien. Du reste, je n'ai pas l'ombre de l'esquisse du début d'une idée de ses sentiments à mon égard. J'entreprends donc mon auto-

démolition méthodique afin de me convaincre qu'en l'absence de preuve irréfutable, type striptease ou déclaration enflammée, elle ne ressent rien et qu'il faut oublier cette incartade inacceptable.
J'échoue assez lamentablement dans ma tentative désespérée de me raisonner. Chaque soir pendant le service, je cherche son regard entre deux plats servis, je provoque les rencontres en cuisine ou dans la réserve, je lui garde bien au chaud mes meilleures vannes et autres boutades irrésistibles, bref, je fais tout pour la séduire. Sans grand espoir d'y parvenir, mais avec tout de même cette part de frisson grisante et qui je dois l'admettre m'avait manquée plus que je ne voulais bien me l'avouer.
Toutefois, on ne peut pas dire que j'avance à une vitesse folle dans ma conquête de Gabrielle. Entre mes atermoiements et son art consommé de souffler le chaud et le froid, j'oscille constamment entre la conviction fervente qu'il y a un espoir lorsque nous échangeons un sourire, et l'abattement le plus total quand elle quitte son service sans même me dire au revoir. Bref, je navigue dans le brouillard, moi-même tiraillé entre ce désir fou et cette culpabilité éreintante. Entre l'entrebâillement d'un possible et le désespoir de ma cinquantaine naissante. Malgré tout, nous apprenons à nous connaître au fil du temps, et ce que

j'entraperçois de son âme me plait tout autant que ce que je vois, observe, dévore des yeux depuis le premier jour, depuis sa première impression sur ma rétine astigmate.
Consciente de son pouvoir sur les hommes, Gabrielle a une personnalité duale, avec ce charme irradiant mais hautain qui me fait parfois me sentir tout petit, et cette irrésistible beauté fragile et douce qui émane de nos conversations à deux.

Malgré l'absence notable de concrétisation, je me surprends désormais à aller travailler avec le sourire benêt du candide épris. Qui eut cru que les dégâts causés par Alice seraient réparables ? Pas moi. Persuadé d'avoir laissé ma vie derrière moi, d'avoir vécu le meilleur et de passer le reste de mes modestes jours à endurer le pire, je me retrouvais comme un collégien au béguin qui n'osait se déclarer.
Je découvre alors que contrairement à ce que je pensais depuis mes vingt-trois ans, rien n'est pire que la mort. Lapalissade je le concède volontiers, phrase spirituelle bon marché à coup sûr. Néanmoins vraie, elle remet en cause une profonde certitude ancrée en moi depuis plus de vingt ans, à savoir que je ne pourrai sans doute jamais plus être heureux ou avoir de l'espoir, et que seule ma lâcheté couarde m'empêche d'en

terminer avec ce cirque sans âme qu'est devenue ma vie. Réciproque ou non, ce coup de cœur pour Gabrielle m'avait pour la première fois depuis deux décennies fait retrouver joie de vivre réelle et légèreté virevoltante. Autant dire un bouleversement absolu, un tsunami comme seul l'amour ou le désir peuvent en provoquer. Je ne sais lequel choisir en ce qui concerne Gabrielle, Alice ayant désespérément trusté la partie amour de mon âme depuis la fin de l'ère pubertaire.
Mais ce sursaut d'envie en moi a au moins le mérite de me faire réfléchir un peu plus objectivement à tout ce qui s'est passé avec Alice, et plus j'y pense, plus la colère m'envahit. Certains diront que je suis enfin passé à la deuxième étape de mon deuil, ce qui, en trente ans est plutôt déprimant. Je la considère quant à moi comme une avancée, et une réconciliation avec moi-même. Non je n'ai pas commis de faute, et non il n'y a aucune excuse ni raison au silence depuis sa sortie de prison, quand bien même elle se sente honteuse. Malheureusement, une fois cela analysé et verbalisé, je ne peux m'empêcher de laisser encore mon cœur vagabonder dans les méandres de mon âme et me sentir ému et attendri à la simple évocation de son nom. Pathétique.

Bien décidé à faire avancer cette séquence séduction avec Gabrielle qui commençait à s'éterniser un peu à mon goût, je pars ce jour-là au restaurant avec un discours bien rôdé et une stratégie imparable qui consiste...à lui dire. Superbe. Grandiose. Au moins cela aura le mérite de dissiper ma brume intérieure. Je fais un effort vestimentaire, me pomponne raisonnablement comme le désormais vieux-beau que je suis, et pars en avance pour tenter de l'intercepter avant le début de son service. Comme à l'accoutumée, je gare mon scooter nouvellement acheté sur un coin de rocher et termine le chemin rocailleux à pas fébriles. Je me répète intérieurement ce que je veux lui dire et surtout comment.
« Tu sais Gabrielle, je trouve qu'on a vachement de points communs... » ok donc ça c'est bien nul. Non, plutôt « tu sais ça fait un moment que je me sens un peu bizarre et » ...oublions ça aussi elle va croire que t'as la syphilis. Ou plutôt l'approche muette tiens : regard, rapprochement, caresse de la joue ou de la mèche rebelle, rapprochement deux, puis baiser fougueux et passionnel. C'est bien ça ! à part un léger détail : il faut du courage pour le faire et bizarrement, j'ai égaré le mien il y a belle lurette.
Tandis que ce qui devait être une stratégie digne de Napoléon avant Austerlitz se

transformait peu à peu en un Waterloo de la pécho, je m'arrête pour observer de loin le restaurant encore vide de clients à cette heure, dans l'espoir d'apercevoir Gabrielle. Ce que j'y vois à la place me coupe mon élan, mon effet, mon mouvement et toute autre forme de vie à vrai dire.

15.

Devant la petite porte en métal qui donne accès au restaurant, rouillée par les embruns et le temps, debout et avec ce sourire reconnaissable entre tous, unique au monde en fait, elle est là. Alice.
Le destin est parfois taquin. Tant d'années à l'espérer, à la guetter, à la vouloir, au parloir ou au détour d'un couloir, et rien. Et puis alors que je me pensais perdu définitivement pour les bons sentiments, l'eau de rose et les fleurs bleues, Gabrielle arrive dans ma vie et dans mes pensées pour en chasser quelques-unes des nombreuses consacrées à Alice. Et de tous ces moments vécus dans la décennie passée, c'est celui-ci que la destinée-Alice choisit pour refaire irruption dans ma vie. Invraisemblable.

Encore une fois, j'aimerais raconter comme nous courûmes l'un vers l'autre au soleil couchant, nos lèvres ivres de désir s'humectant à chaque pas pour se préparer au bouquet final de nos ébats mais...Quand je la reconnais au bout de ce chemin escarpé, Je reste coi. Littéralement de marbre. J'avais tant de fois répété ce moment dans ma tête et imaginé ce que je lui dirais le cas échéant, et pourtant je suis là, statufié, inerte comme Nabila face à une équation mathématique à deux inconnues. Profitant de l'escalier en pierre qui nous sépare encore, je tente de fuir son regard, le temps pour moi de retrouver mes esprits. Eu égards au manque de courage susmentionné, c'est elle qui décide d'abréger le moment de malaise.

- Hey salut...Oui, toujours.

- Salut. Qu'est-ce que, comment tu m'as trouvé ?

Je sais évidemment comment, ayant le nombre astronomique de un ami en commun avec Alice, mais c'est tout ce qui me fait l'honneur de sortir de mon pharynx à cet instant, l'essentiel de ma fonction cérébrale étant apparemment davantage occupé à reprendre de l'oxygène. Puis, peu à peu, l'effet de sidération se transforme en une incommensurable lassitude. Je réalise à cet instant que malgré tout l'amour que j'ai pour elle, je ne peux plus vivre ainsi. A attendre

un appel, un geste, une surprise. A attendre. Il faut que les choses entre nous changent. Pour le meilleur ou pour le pire. Et je sais que c'est le moment de le lui dire. Bien-sûr dans ces moments, les mots ne sortent jamais vraiment comme on aimerait. Le discours est maladroit, l'attitude un peu gauche. Mais au moins ils sortent.
- Qu'est-ce que tu fais là à la fin hein ? C'est quoi le but ? Tu t'es dit « tiens ça fait dix piges passons voir l'autre ? » t'as voulu t'assurer que tu avais toujours ton pouvoir sur moi ? T'as un coup de moins bien alors tu cherches un peu d'affection ? Je comprends pas Alice. Tu m'as ignoré, méprisé par ton silence, fait de moi un détail de ta vie que je ne pensais pas être, puis tout simplement rayé de la carte. Alors dis-moi, qu'est-ce que tu viens faire ici ?

Je suis le premier surpris de ma répartie. Moi qui n'avais jamais été fichu de lui tenir tête jusqu'alors, et ce malgré tout de même un adultère, un meurtre et le silence (Ça fait encore plus pathétique en le listant), j'avais enfin réussi à vider mon sac.
Mon petit laïus terminé, un silence pesant se fait et je sens qu'Alice accuse le coup. Même si elle devait se douter que je ne l'accueillerais pas avec un grand sourire et une sérénade à flanc de calanque, elle avait clairement été séchée par ma rancœur enfin

exprimée. Je la vois regarder partout. Partout sauf dans ma direction. Ses yeux sont légèrement voilés. Mais les larmes restent au placard.

- Je suis venue parce que j'avais besoin de te voir…
- Je me répète. Pourquoi ?? Je veux dire, on n'a plus rien en commun. Je ne sais absolument rien de toi ni de ta vie de ces dernières années, pas plus que tu sais ce que j'ai vécu. C'est super à 20 ans ces histoires d'âme-sœur, mais ça se décrète pas une fois pour toutes. Ça s'entretient, ça se cultive. On n'est pas dans Roméo et Juliette Alice, tu ne peux pas débarquer dans ma vie quand ça te chante au seul prétexte que toi et moi on est connecté par ce truc un peu étrange et qui perdure au fil du temps. En tout cas moi ça ne me suffit pas. Ou plus.
- Que veux-tu que je te dise ? hein ? je suis impardonnable et je le sais. Totalement.
Sa voix faiblissait pour n'être plus qu'un murmure.
- Désespérément.
Il y a un silence car je n'avais jamais été aussi prolixe avec Alice et elle n'avait jamais tombé le masque aussi rapidement. Privilège de l'âge peut-être. Ayant vidé mon sac, certes un peu en désordre par rapport au discours merveilleux que j'avais préparé

pendant des années, je décide de me calmer pour comprendre ce qui l'avait amenée à venir se planter devant mon resto, ma jeunette aux seins fermes, bref, quelles étaient les raisons qui avaient visiblement rendu nécessaire cette entrevue.

- Écoute, commençai-je un peu plus calmement, je suis sur la cinquantaine bien entamée, et tu as pris toute la part belle de mon âme plus de la moitié de ma vie, alors s'il te plait, explique-toi, non mieux, explique-moi pourquoi tu viens aujourd'hui. Et fais vite parce que lorsque tu es là je ressens cruellement comme le temps file et les moments de bonheur sont fugaces.

Elle esquisse un sourire triste et s'approche doucement de moi. Elle se met si proche en fait que je peux humer le parfum de ses cheveux et l'odeur de son souffle. Je sens alors qu'elle prend son élan pour parler, comme l'ultime inspiration de celui qui va se jeter dans le vide absolu. Puis elle saute.

Il faut bien imaginer ce que signifie donner la part belle de son âme pendant plus de trente ans. Moi éructant cette phrase à Alice, cela voulait dire tout l'envahissement de mon moi par cette femme. Se lever chaque matin en ayant pour première pensée Alice, même émergeant aux côtés d'une autre femme, ajoutant ainsi le regret à la nostalgie du temps passé. Sentir un parfum et penser à elle, marcher dans la rue et y voir une affiche, une couleur, un nom de rue, un passant aux faux airs de quelqu'un que j'avais connu à l'époque de ce « nous » et penser à elle. Séduire une femme au restaurant et croire l'apercevoir au détour d'un couloir tamisé...et penser à elle. Voir un enfant qui peut-être aurait pu ressembler à l'un des nôtres, et penser à elle. Respirer et penser à elle. Vouloir mourir pour ne plus penser à elle. Se soumettre à l'idée que ces pensées habiteront mon quotidien et seront éternellement les seules fondations, la seule zone de confort sur laquelle je pourrai m'appuyer pour tenter de vivre. Ne rien construire de ma vie de ne pouvoir le bâtir avec elle. Vivre finalement dans la salle d'attente de ma vie avec elle.

Elle s'était déjà reprise. Le murmure et l'émotion avaient été fugaces, mais elle savait que je les avais perçus. Nous savions toujours. C'est le drame absolu de ce genre de passion. Le temps n'y fait rien, un éclair, un instant suffit pour s'y retrouver au chaud, blotti dans la certitude d'être compris et choyé comme au coin d'un feu. Des âmes sœurs en somme. Merde.

- J'avais besoin de me tenir là. Mes pensées tu les connais déjà Léo, mais j'avais besoin de te montrer et de me prouver que je pouvais être là devant toi, te regarder malgré la honte de ce silence qui a trop duré. Je voulais que tu saches que j'en étais capable et surtout, que tu n'avais jamais été un détail. Même si ça m'a pris du temps, un temps que ma culpabilité infinie n'achèvera jamais, je voulais sans même avoir besoin de parler me tenir debout devant toi et te prouver ce que tu valais pour moi. Tu sais comme ma pudeur étouffe mes confidences et comme ma fierté peut les différer, c'est pour ça que je me suis dit que le mieux pour que tu comprennes ta valeur à mes yeux après tout ce que je t'avais fait était de simplement me tenir là…

- Il va m'en falloir un peu plus cette fois Alice…

- Je sais. Tu as toujours été incertain.

- Incertain ?

- Incertain de toi-même. Dans le doute, en manque de confiance, appelle-ça comme tu veux. Ce que je veux dire c'est que je sais très bien ce que tu attends de moi. Tu attends que je le dise.

Silence. J'avais déjà compris depuis longtemps où elle voulait en venir, et je ne voulais surtout pas interrompre ce moment. Que bien-sûr j'attendais depuis trente ans.

- Et j'en suis enfin capable Léo. Je dois vieillir ! dit-elle dans un sourire nostalgique. Sourire rendu.
- Depuis ce jour de décembre, depuis ce train qui s'en va, depuis ce regard que nous avons échangé j'ai su…tu as été et seras sans doute toujours l'homme de ma vie. Je t'ai aimé comme tu n'imagines même pas un instant. Follement, passionnément, incroyablement…J'ai aimé chaque détail de toi, chaque moment de toi, et contrairement à ce que tu crois depuis toutes ces années, même tes doutes et tes incertitudes je les ai aimées.
- Mais ?
Nouveau sourire d'Alice. Compassionnel celui-là.
- Bien-sûr tu avais deviné le « Mais »…
Timide sourire de ma part. Le triste.
- Mais toutes ces années j'ai pensé, et je le pense encore, que ce qui n'a pas marché entre nous à l'époque provoquerait sans doute la même issue si on se donnait une nouvelle chance.
- C'est de la connerie !
- Et puis…j'ai rencontré quelqu'un Léo.
Bien que cette nouvelle me terrassât, je ne peux pas dire que ce fut une surprise. Alice était sortie de prison depuis maintenant un bail, et je ne doutais pas un instant qu'une femme de sa trempe ait être sollicitée par les

hommes. Mais cette information me reléguait une nouvelle fois au second plan de sa vie.
- Alors pourquoi être là ?
- Parce que j'ai l'espoir, peut-être naïf, que maintenant qu'on s'est dit les choses, on pourra reprendre une relation un peu plus normale, un peu plus saine, un peu plus digne de nous et de notre histoire.
Je ne savais pas quoi répondre à ça. Y'avait-il seulement une réponse à donner ? En me répétant ce qu'elle venait de dire, je compris aussi l'importance du non-dit entre nous, cette absence de besoin impérieux de tout mettre en mots. Et même si ça faisait très romanesque sur le papier, je me rendais compte aussi combien le manque de dialogue nous avait coûté cher.

Cette fois en revanche, j'avais le sentiment que tout avait été dit. Alors, timidement, je lui rends son sourire, essuie sa larme, m'approche doucement d'elle et la prends dans mes bras. Pas de ces étreintes qui précèdent une passion irrépressible, non. Une étreinte de réconfort, sans doute mutuel d'ailleurs. Une étreinte calme, chaleureuse et qui vaut largement tous les mots du monde. Nous restons une éternité comme cela. Enfin ce que je prends pour une éternité. Mais apparemment, même l'éternité a une fin. Après ces quelques secondes qui semblent arrêter le temps, Alice se recule à peine, nos fronts s'effleurent tellement nous sommes proches, nos deux souffles haletant à l'unisson. Encore cette foutue osmose. Et puis cette fois pour de bon elle reprend sa place en sécurité de moi. Un mètre à peine, mais qui fait toute la différence entre l'espoir que j'avais caressé et la réalité crue. Elle partait, et je le savais.

16.

Trois jours plus tard…

J'avais appelé le patron de la baie des singes pour lui dire que j'étais malade, et, depuis le départ d'Alice, je me terrais chez moi. J'étais perdu, encore, mais cette fois je n'en pouvais plus de mes ruminations cérébrales. Presque trente ans plus tard et quasiment autant d'années à penser à elle, j'étais las. Je pensais être presque parvenu à la résilience, notamment par cette belle rencontre qu'était Gabrielle. Elle m'avait fait entrevoir un minuscule coin de ciel bleu : la possibilité d'aimer à nouveau. Et il avait suffi d'une seconde, d'un instant, d'un moment imperceptible de fugacité pour que mon cœur fragile chavire. Cette fois cependant j'étais à bout et je n'avais plus la moindre intention ni volonté de me battre pour avancer. Le « à quoi bon ?» était en train de triompher du « tu peux le faire ». A cinquante ans passés, je n'avais plus la force ni l'envie de me battre. Ni pour Alice, ni même pour vivre.

Il ne s'agissait pas de me flinguer, j'étais beaucoup trop lâche pour cela. Non, juste d'appliquer avec méthode le processus de destruction que la moitié de l'humanité avait sans doute au moins une fois dans sa vie envisagé. Juste pour abréger la souffrance et les vaines turpitudes. Avec cette petite nuance tout de même, puisqu'en lieu et place de la traditionnelle vodka, j'avais localisé ma descente avec un pastis bien du coin. Ajoutant à cela bien entendu anxiolytiques et somnifères, j'étais pas mal. Plus le temps passait et plus mes pensées s'égaraient, virevoltaient de l'une à l'autre dans une danse enivrée et cotonneuse. Enfin j'étais libre, je pouvais presque sentir la pression se relâcher en moi et sortir peu à peu. Mon cerveau. Mon meilleur ami et mon pire ennemi. Celui par qui le meilleur pouvait se produire, mais qui ne faisait jamais relâche, et dont les obnubilations incessantes et redondantes obscurcissaient mes jours et raccourcissaient mes nuits. Ce

maudit cerveau qui était autant ma planche de salut que le creuset de mon désespoir.
Ça y est, la délivrance est proche. Peu à peu je perds la notion du temps et l'incohérence m'envahit. Mon cerveau, toujours lui, passe du coq à l'âne, cesse enfin de chercher explications et raisons aux soubresauts de mon existence. Il vagabonde entre deux cortex, erre de souvenir en souvenir où se mêlent en vrac mon papi trop tôt parti, Alice me souriant puis disparaissant, une main m'agrippant et m'entrainant dans une danse au fil des nuages. Je vole à présent et tout me semble léger et facile. Je vole et plus rien ne me gangrène l'esprit. Je vole, virevolte, je me sens heureux. Léger, libre et heureux.
Puis le noir. Soudain, subit. Puis plus rien. Puis une douleur intense. Puis une voix. Lointaine d'abord, puis plus insistante à mes oreilles et à mon crâne endoloris. Puis plus rien.

Le vent souffle. Le vent souffle et je me sens bien. Dans ce jardin immense de Normandie, mon grand-père est déjà affairé à empiler soigneusement les bûches qu'il vient de couper en un tas de deux stères au moins. Je me hâte de le retrouver, il a promis de m'apprendre à manier la hache et même, si je me débrouille bien, à couper quelques bûches moi-même. Le parfum de l'herbe automnale humide emplit chaque pore de mes narines. Il bruine, il fait froid, mais je suis heureux. Heureux d'être au grand air, avec mon Grand-père.

Puis un bip bip et des voix s'entremêlant dans un vacarme assourdissant. Puis moi essayant d'ouvrir une paupière. Juste une. Puis plus rien. Puis le silence et moi qui me réveille. J'ai le sentiment de faire un effort énorme, mais cette fois je parviens à ouvrir les yeux.
N'étant pas devenu demeuré dans le laps de temps de ma biture, je comprends vite que je suis dans une chambre d'hôpital. J'ai visiblement déconné plus que de raison. Affalée sur le côté du lit la tête la première, une femme non identifiable pour cause de visage enfoui dans le drap, ronfle à faire pâlir de jalousie un Airbus au décollage. Et puis une odeur, non, un parfum. Je connais ce parfum. J'aime ce parfum. Pour en avoir le cœur net, je caresse doucement la tignasse, ce qui a pour effet immédiat de la faire sursauter. Incrédule, je découvre alors que ce parfum que j'avais identifié est celui de la personne que jamais je n'aurais imaginé voir ici. Hagarde, essayant d'émerger, le visage encore poupon de sa jeunesse toute proche et embrumé par le sommeil, Gabrielle se tient devant moi, ébouriffée. Ébouriffante.

Voilà pourquoi je ne me flinguerai jamais. Intentionnellement s'entend. Parce que j'ai connu cette sensation presque palpable de sentir le fond du fond tout contre sa voute plantaire. Je sais donc comme tous ceux qui ont déjà vécu cette sensation qu'à part cet acte ultime et définitif, il y'aura toujours un demain. Et que ce jour d'après a toutes les chances d'être meilleur que celui-ci, ou à tout le moins permettra de repenser à cette veille si sombre, à ce jour où pendant un instant on a eu envie de renoncer, d'arrêter de se battre contre tous ces moulins à temps, contre ce vide inexorable qui nous entraine vers l'abime. Et alors peut-être, peut-être, en y repensant différemment, on se dira que oui, vraiment, ça valait le coup de remettre son funeste projet au jour d'après. En ce jour de réveil poussif, Gabrielle était mon jour d'après.
Malheureusement, je n'ai pas le temps de savourer ce constat plein d'espoir. La foudre s'abat directement sur moi.
- Mais putain qu'est-ce qui t'a pris merde ! Si j'étais pas passé tu serais mort c'est les médecins qui me l'ont dit !!
- Merci, du coup.
- ah joue pas au con avec moi en plus ! Putain, mais qu'est-ce qui est passé dans ta putain de tête ?!!
- C'est un peu le brouillard là Gabrielle, et puis...on s'en fout.

- ben non justement, on s'en fout pas ! pas du tout même ! Je t'ai sauvé la mise je te signale, donc j'ai au moins le droit de savoir pourquoi tu t'es mis en vrac comme ça !
- Écoute, je ne te dis pas que je ne veux pas t'expliquer, mais pas maintenant. J'ai besoin de remettre mes neurones à l'endroit déjà, et toi tu as besoin d'un brushing et d'un coup de blush pour cacher les traces du drap que tu as sur la joue.
Premier sourire. Esquissé.
- Quand j'irai mieux je te raconterai. Mais ce que je veux que tu saches en revanche, c'est que jamais je n'ai voulu ça.
- Ça quoi ? Crever ?
L'art du mot qui fait mal. Ça aussi elle savait faire, visiblement. Petit moment de solitude.
- Disons de faire une bêtise définitive…
- Super, donc le gars essaie de se biturer à mort et à peine réveillé il joue sur les mots !
- Je te jure que c'est vrai. J'avais juste besoin de faire un petit break avec mon cerveau. D'arrêter de penser à certaines choses, et après je me suis laissé…déborder disons.
- Oui disons ça oui ! Putain (oui, encore) mais tu te rends compte comme j'ai flippé ou pas ?

Gabrielle se met alors à me raconter par le menu comment elle a frappé à ma porte, a fini par avoir un doute en croyant entendre

un râle, a usé de ses charmes (convaincants et multiples) pour se faire ouvrir la porte par mon logeur, et puis là...l'apocalypse vomitive : moi baignant dans mes sucs gastriques rendus à Dame Nature, inconscient, râlant donc, agonisant aussi. Bref, Gabrielle me raconte comment elle m'a sauvé la vie.
J'écoute ce récit glaçant de ma propre vie dont je ne me souviens pas moi-même avec honte. Mais j'ai aussi ce sentiment étrange de résurrection et de toute puissance que ressentent souvent les survivants, ceux pour lesquels « c'est pas passé loin » comme on dit si bien dans les séries américaines de moyenne facture. Et encore plus étrange, je suis content que ce soit Gabrielle qui m'ait porté secours. Malgré les circonstances qui ne manqueraient pas de perdurer à jamais dans la mémoire de Gabrielle, et annihilaient probablement toute chance d'envisager une autre option que l'amitié, je me sentais bien en sa compagnie, fut-elle platonique, et sa présence me réconfortait, me réchauffait. Elle était en train de devenir ma zone de confort.

Ce moment, à la fois intense et empreint de gêne me concernant, est abrégé par l'irruption du seul être vivant qui dans ces circonstances, pouvait m'être agréable à voir : Rick. Je suis malgré tout surpris de le voir à mon chevet, étonnement qu'il perçoit et éclaircit immédiatement.

- Ben alors, tu me fais appeler par une de tes bimbos parce que t'as un coup de moins bien ?
Classe. Toujours. Mais avec ce sourire qui faisait comprendre qu'il plaisantait, et que ces mots corrosifs étaient ses sentiments à lui, sa manière d'être là sans besoin autre d'y mettre des mots. A ma grande surprise, Gabrielle, loin de se laisser impressionner, lui répond du tac au tac.
- Excellente vanne, enfin pour un quinqua dégarni je veux dire.
Sourire en coin. Ils se comprennent. Bon signe ça.
- Si je vous gêne je peux y aller hein ? ajoutai-je dans un sourire. Partagé par tous, simplement soulagés de pouvoir en rire un peu et ainsi désamorcer la pompe à culpabilité.
- Bon, je vais y aller, faut bien que quelqu'un bosse à la baie des singes ! Gabrielle ponctue cette phrase d'un clin d'œil affectueux, ramasse son sac à main, tapote brièvement l'épaule de Rick et se dirige vers la sortie.
- Gabrielle ! criai-je pour l'arrêter. Elle se retourne, gênée d'avance, mi- souriante, mi-pressée de partir.

- T'inquiète le ieuv ! me sourit-elle avant de franchir le seuil.
- Ça a du bon dis-donc d'avoir besoin de réanimation parfois ! me dit Rick à la seconde où Gabrielle a disparu.
- Ajoute les convulsions et le vomi et tu as presque un rancard parfait effectivement !
- Oui, vu comme ça…bon, tu sors quand ?
- Je sais pas, mais à part le lavage d'estomac ils ne m'ont pas fait grand-chose. Ils veulent que je voie une psy, mais je devrais sortir assez vite sinon.
- Ok, alors voilà ce que je te propose. Toi, moi, une voiture, une virée. Pas de pression, juste deux potes qui se baladent et s'arrêtent quand bon leur semble. Ça te dit ?

Le lendemain matin, je me rends comme convenu dans le cabinet de la psychologue de l'hôpital. Dans la salle d'attente terne et et sans fenêtre, je parcours les derniers potins grâce à un Gala de juin 2003 et un France Dimanche annonçant la première femme enceinte dans le dos. Rafraichissant. Lorsque la psychologue m'ouvre, je pénètre avec réticence dans son cabinet. C'est une femme à peine plus âgée que moi, la cinquantaine heureuse, généreuse, élégante mais décontractée. Elle a surtout un regard très futé et bienveillant, et un sourire charmeur. Bref, Elle me fait une bonne première impression, ce qui m'incite à m'ouvrir plus rapidement. La première consultation est avant tout l'occasion de faire connaissance et de voir comment nous allons procéder. Elle pose quelques questions sur moi, mais ne me pousse pas davantage à lui expliquer mon geste. Elle attend sans doute que je fasse un pas sur ce chemin, mais bien qu'intrigué par cette personnalité étonnante, je ne suis pas encore prêt à me confier plus avant. Nous discutons donc à bâtons rompus pendant près d'une heure, heure qui me laisse l'impression d'avoir bavardé avec une amie et ce, alors que je ne la connaissais pas une heure avant. Nous convenons de nous revoir toutes les semaines pendant six mois et de faire le point à la fin sur la suite à donner à nos échanges. Moi qui n'avais jamais été convaincu de l'utilité de cette profession malgré plusieurs tentatives, je sors de ce rendez-vous beaucoup moins affirmatif, et en tout cas impatient de voir quelle aide cette psychologue, Sarah puisqu'elle m'avait invité à l'appeler par son prénom, pourrait m'apporter pour apaiser mes surchauffes cérébrales.

17.

Quatre jours plus tard…

Me sachant fan absolu du film Sideways, selon moi injustement méconnu du grand public et narrant le périple viticole de deux quadras en pleine crise…de la quarantaine, Rick avait planifié une virée dans les vignobles bourguignons. Après ce long trajet où j'avais simplement pris le temps de regarder les paysages défiler avec le regard d'un enfant, ou plus exactement d'un survivant de sa connerie qui s'extasie à chaque occasion du bonheur indicible d'être encore en vie, nous nous arrêtons finalement dans une chambre d'hôte très pittoresque au milieu des vignes. Pittoresque signifiant la même chose ici que sur le site airbnb, à savoir rustique, paumée et sans wifi.

Mais peu m'importait le cadre, j'étais sincèrement ravi d'être avec mon ami et de profiter de ces trop rares moments passés ensemble ces dernières années. De cela et des Gevrey-Chambertin, Pomerol et autres Nuits Saint-Georges que nous nous apprêtions à déguster avec allégresse.

Je ne peux m'empêcher d'être stupéfait de la capacité de résilience du psychisme humain. En à peine quelques jours, j'étais passé de l'envie d'abréger à l'émerveillement permanent : une hirondelle sur une branche, les couleurs des coteaux, les parfums des

fleurs, tout me semblait exacerbé par ce sentiment profond de chance d'être vivant, cette reconnaissance à je-ne-sais quoi de m'avoir évité la sortie prématurée. Le tout renforcé par ma personnalité habituellement si blasée et revenue de tout. Je dois dire que cela fait du bien de faire une pause dans mon cynisme coutumier. Même si je sais pertinemment que cette euphorie est passagère et que je vais, comme tout survivant, reprendre ma routine et mes bonnes vieilles habitudes de gueulard perpétuel. Pour la première fois depuis longtemps, je profite de l'instant sans cogiter au suivant, sans chercher à l'analyser ni même à le comprendre. Je veux juste capter la chaleur et le bonheur d'un instant et en profiter jusqu'à plus soif.
Ce que Rick et moi avons d'ailleurs fait de fort belle manière je dois dire ! Nous avons tout d'abord visité les fameuses caves Patriarche de Beaune. Sanctuaire viticole fabuleux, où le parcours de dégustation des meilleurs crus est jonché de crachoirs pour éviter l'ivresse et profiter des saveurs. Autant le dire tout de suite, Rick et moi faisons l'impasse sur les crachoirs et terminons cette immersion sous-terraine bien imbibés. Nous errons sans but précis, ou souvenu, dans les rues de Beaune, en pleine journée, riant comme des gosses, heureux de cette parenthèse enchantée. Arrivés à quelques

rues de notre gîte, nous nous asseyons sur un banc en pierre à flanc de vigne, pour profiter du panorama et décuver un peu. Il y a d'abord un long moment de calme et de quiétude. Nous nous contentons d'admirer cette vue époustouflante, laissant ainsi à notre foie le temps nécessaire à la filtration alcoolique. Tandis que les rares badauds nous considèrent avec circonspection et lucidité sur notre état d'ébriété, nous planons paisiblement sur notre petit nuage d'alcool et d'amitié.

- On est pas mal là...commençai-je simplement.

- C'est clair, répondit Rick sobrement.

Ironie du moment compte tenu du fait que son nombre de grammes d'alcool dans le sang était sans doute supérieur au PIB d'un petit pays des Balkans.

- Tu sais, je crois que c'est bon...

- De quoi ? demande Rick en scrutant toujours l'horizon.

- Alice. Je crois que cette fois, je peux passer à autre chose.

- Cool. Ça aura pris que trente-cinq ans finalement c'est bien.

Toujours en regardant droit devant, je souris à cette ultime pique. Bien méritée.

- T'as vu ça ? Résilient je te dis ! Deuxième degré à la rescousse.

- Et ta bombasse de vingt piges ? enchaine Rick sans aucune forme de transition.

- Ben quoi Gabrielle ?
- Je pense que tu devrais tenter de te la faire. Bon à mon avis elle va te mettre un gros vent, mais ça serait comme un genre de point final au chapitre Alice quoi…une transition vers la suite.
Les conseils de cœur version Rick valaient toujours leur pesant d'or, mais je dois avouer que celui-ci aurait mérité sa place au panthéon de l'insensé. A moins que ce soit pour mon ami une manière de m'encourager à avancer. Probablement un peu des deux.
- Ouah, pas très metoo et balancetonporc comme conseil.
- Mouais, tu sais ce que je leur dis moi à tes achetagues ! ras-le-bol du policé et du politiquement machin ! C'est de la connerie leur truc. On est passé d'un extrême à l'autre ! Regarde moi par exemple, je parle comme un putain de macho, mais primo, je sais à qui je le dis, et secundo, ça m'empêche pas d'avoir toujours été un parfait gentleman avec les femmes ! Non, tu veux que je te dise ce que c'est le vrai problème ? C'est les cons ! Et comme disait ma grand-mère, la race est pas éteinte demain ! Un mysogine, un machiste, un sexiste, peu importe comment tu l'appelles, c'est avant tout un gros con ! Après c'est un gros con qui s'est spécialisé ! Mais faut pas oublier ça ! Et tous ces connards qui n'ont même pas les neurones pour s'acheter le

duvet de bien-pensance dans lequel ils se drapent pour faire la morale à tout le monde, ben eux aussi c'est des cons ! Et ils valent pas mieux que les autres contrairement à ce qu'ils pensent ! Faire la morale à tout le monde tout le temps à partir du moment où ils ne pensent pas comme vous, c'est juste une autre forme de connerie. Et du totalitarisme. C'est tout.

- Tu connais le mot totalitarisme toi ?
- Marrant ça ! N'empêche, réfléchis-y !
- Tu crois pas que c'est nécessaire ? tu crois pas que la réaction un peu extrême du moment est normale vu le nombre de siècles d'omerta ? je suis d'accord qu'on vit une époque un peu inquisitrice pour les hommes convenables, mais je crois vraiment que c'est un passage obligé, une sorte de sas pour parvenir à ce point d'équilibre entre les hommes et les femmes que tout le monde recherche.
- Putain je sais pas si c'est toi qu'est pas clair ou si c'est le pinard qui passe la barrière encéphalique, mais je t'ai perdu mon pote.

Sourire. Cette réflexion métaphysique de comptoir pour alcoolique décérébré s'achève au fur et à mesure que notre taux d'alcoolémie diminue. C'est surprenant d'ailleurs de voir comme lorsqu'on est ivre, on dit les pires inepties en étant persuadé d'être parfaitement cohérent, alors que

lorsqu'on manque de confiance en soi, c'est très souvent l'inverse. C'est tout le génie machiavélique de l'alcool, capable non seulement de vous faire perdre toute lucidité, mais en plus de vous convaincre du contraire. Comme l'a écrit Baudelaire (bien mieux que moi), la plus belle des ruses du diable est de vous persuader qu'il n'existe pas.
- Laisse tomber. Pour en revenir à Gabrielle, je ne sais pas du tout ce que je vais faire, mais tout ce que je sais là tout de suite maintenant c'est que j'aime qu'elle habite mes pensées comme j'aime penser que tout est possible. Et ça me suffit pour l'instant...
Un silence contemplatif suit cet échange philosophico-bituré. Silence que Rick finit par rompre. A sa manière.
- Bon on rentre je me caille les miches et en plus j'ai envie de pisser.

Le lendemain matin, j'attends patiemment que Rick émerge de sa gueule de bois. Encore convalescent, j'avais en effet moins forcé sur les grands crus que lui. J'en profite pour aller prendre mon petit déjeuner au grand air, léger et souriant béatement, tel un ado après son premier coït. Après avoir bu mon café bercé par le son du silence, je décide d'appeler Gabrielle. Fort de mes grandes résolutions dont je savais pertinemment qu'elles ne dureraient

probablement pas longtemps, je prends soin de ne surtout pas me demander si c'est une bonne idée ni ce que je vais lui dire. J'appelle, c'est tout.
Une sonnerie, patience. Deux sonneries, et si c'était une connerie ? Trois sonneries, à tous les coups elle ne veut pas te parler. Quatre sonneries, et si ça se trouve elle est avec un autre gars et...
- Salut ! enfin des nouvelles je pensais que t'étais mort haha.
Boum.
- Et bien je vois que t'es en forme c'est bien !
- Non en plus, je suis crevée figure-toi ! Avec tes conneries je me tape des doubles services à la baie des singes !
Hop, culpabilité. Parfait.
- Pardon je suis désolé putain je...
- Non mais je déconne hein ! c'est le problème avec les vieux ça, ils comprennent plus rien à l'humour !
Paf, différence d'âge. Jeu, set et match, mais le tout ponctué de son rire flamboyant, sans retenue, un de ces rires qui dériderait même une nonne. Oui je suis athée. Et déstabilisé. Totalement. Elle a vingt-trois ans à peine mais c'est moi l'ado prépubert incapable d'aligner deux phrases qui fassent sens.
- Bon et vous rentrez quand de votre escapade Sailor et Lula ?
Magnifique film. Excellente vanne.

- Étant bien entendu que Rick est Lula hein ! on rentre demain. Pourquoi ?
- Comme ça pour savoir, parce que là je pars bosser donc je vais pas trop pouvoir rester, mais je me disais que ça me ferait plaisir, enfin, que ce serait cool de te, enfin, de vous voir quoi…
Hésitations, bafouilles, bon signe ça. Ne pas s'enflammer Léo, ne pas s'enflammer. Bayrou aussi bégaye, ce n'est pas pour ça qu'il te fait du gringue.
- Ben écoute si tu veux, je t'appelle quand on est à Marseille et on se cale un truc ?
- Ça va ! (ça veut dire ça marche en marseillais). Au fait Léo…
- Oui ?
- Quand on se verra, il faudra quand-même que tu m'expliques…

Après avoir raccroché, j'éprouve des sentiments mêlés : l'excitation de la voir d'un côté, et l'appréhension de devoir lui expliquer pourquoi j'avais sombré de l'autre. Mais je sais aussi qu'il faut en passer par là. Par honnêteté envers celle qui m'avait tout de même sauvé la vie, et parce que c'était pour moi une condition sine qua non pour envisager l'avenir.

Quand Rick s'extirpe enfin des bras de Morphée, nous reprenons notre déambulation et visitons quelques bourgades contiguës aux vignobles. Ces vieux villages, pour la plupart ne vivant que du vin au sens large, sont charmants à bien des égards. Les gens semblent tous se connaître, et on peut trouver au hasard des boutiques de producteurs locaux des bouteilles inestimables pour un prix beaucoup plus abordable que chez le caviste (nom bobo pour ne pas avoir à dire qu'on va chez Nicolas).

Après une matinée à se promener au fil des bâtisses en pierre et des ruelles menant aux coteaux et aux vignes, nous nous arrêtons pour déjeuner dans un restaurant qui ne paye pas de mine mais qui propose une formule dégustation de vin au verre avec chaque plat sans nécessité impérieuse de faire un Cofidis pour pouvoir se l'offrir. Rare.

- Tu sais, je pense que ce serait bien que tu reprennes ton ancien taff, attaque Rick sans préambule.

- Ah bon ? pourquoi tu dis ça ? tu me trouves pas bien à Marseille ?

- A Marseille si ! C'est même super de voir comme tu t'es épanoui depuis que tu travailles ton mélanome, mais je pense juste que la prochaine étape ce serait d'arrêter de faire le serveur. Tu peux faire mieux. Tu dois au moins ça à ton cerveau…

- Mais est-ce que c'est une bonne idée de se replonger dans la glauquitude de mon job ?

- C'est ce que tu sais faire Léo ! Tu es bon, tu es même super doué pour charcuter !
- Tiens c'est drôle, tu parles comme mon boss Bernard…
- Ben en même temps c'est un peu ça quand-même ! Mais bref, ce que je veux dire par là Léo, c'est que tu as besoin de faire quelque chose qui t'épanouisse. Un jour, le ciel bleu et les mouettes ne suffiront plus…
Moment de réflexion. Je ne savais pas que penser du conseil de mon ami, mais je savais aussi que sous des abords parfois bruts de décoffrage pour ne pas dire rustres, Rick avait souvent raison me concernant.
- Je vais y penser…Mais pour le moment j'ai envie de profiter du présent, et le présent mon pote, c'est ce petit Savigny-les-Beaune qui nous tend les bras !
- Bonne idée ! En plus si je te laisse encore jacter je sens que tu vas nous placer un petit Carpe Diem bien relou donc vaut mieux s'arrêter là je crois !
Mon ami avait compris que je n'avais pas envie de me prendre la tête. Il me le fait savoir en me vannant, comme d'habitude, et nous profitons ensuite de ce merveilleux repas en parlant de tout et de rien. Un moment aussi vide de sens qu'agréable à passer. J'étais avec mon ami. C'était bien.
Nous passons une dernière nuit dans notre magnifique hôtel, puis nous décidons de rentrer. Rick compte remonter vers Paris en

voiture, et moi, je reprends le train direction mon sud d'adoption. Fidèles à nous-mêmes, nous nous quittons sans effusions, même si je sens bien dans l'accolade de Rick un peu plus de chaleur qu'à l'accoutumée. J'avais dû lui faire peur à lui aussi.

- A bientôt ! tu reviens prendre le soleil quand tu veux hein !

- Ouais, ça marche !

Moment de silence. Rick me regarde un peu plus sérieusement cette fois-ci.

- La prochaine fois que je viens, essaie de ne pas être à l'hosto ou dans un sac en plastique au frigo !

- je vais essayer oui...Merci du conseil. Et merci pour tout le reste.

- T'inquiète !

Clin d'œil, regard fuyant, Rick est toujours gêné quand je lui dis merci. Et pour les instants d'émotion en général. Contrairement à moi, et bien qu'intérieurement très sensible, Rick se donne tout l'atour du mâle dominant. Même avec moi qui le connais depuis bien avant qu'il soit un homme tout court.

18.

De retour à Marseille, je suis peu à peu rattrapé par le quotidien et la routine. Et par les conseils de Rick. Ce sentiment de plénitude que j'avais ressenti après être passé si proche de la fin s'estompait peu à peu pour rendre sa place à ma grisaille naturelle. Chassez le dépressif, il revient au Lexo. Moi qui avais il y a quelques jours encore l'impression de voler au-dessus du monde, je sentais bien la torpeur et la tristesse reprendre possession de mon corps et mon esprit au fil du temps. Ainsi, bien que je sois rentré depuis plusieurs jours, j'avais décidé de ne pas appeler Gabrielle. Le retour à ma réalité, bien brutal, m'avait fait prendre douloureusement conscience de la vanité de mon entreprise : quel intérêt à tenter de séduire une jeune femme, certes magnifique et lumineuse, mais avant tout...jeune. Je cherchais surtout à me prouver que je pouvais encore plaire. Moi qui avais passé l'essentiel de ma vie d'adulte à faire le deuil d'un amour passé, j'avais ce besoin viscéral de me trouver dans le regard d'une autre.

Mais plus encore, mon abattement me faisait réaliser ma solitude, et mon besoin de vivre à nouveau avec quelqu'un qui occupe mes jours et habite mes pensées. Et Gabrielle ne serait jamais celle-ci. Nous avions des vies trop différentes, et des attentes trop éloignées. Elle commençait à peine sa vie

d'adulte quand moi je lui cherchais un nouveau souffle avant le plongeon final. Bien-sûr, je pouvais toujours tenter ma chance pour assouvir mes pulsions les plus bas-de-gamme, mais je devais à cette jeune femme brillante de me comporter en gentleman.
Fort de ce constat aussi réjouissant qu'implacable, je passe dès le lendemain matin chez Gabrielle.
- Tu veux un café ?
- Non merci ça va.
Autre signe indéniable de notre écart d'âge incommensurable, j'avais débarqué chez elle sans la prévenir…à midi. Heure très avancée pour le quinqua que je suis, je n'avais même pas imaginé qu'elle pouvait être encore endormie. C'est donc au son de mon poing tambourinant à la porte de son studio que Gabrielle émergea de son sommeil.
Lorsqu'elle m'ouvre, œil mi-clos, cheveux ébouriffés, traces d'oreiller sur la joue gauche, je suis encore une fois mis face à l'écart abyssal de nos âges : moi, réveillé en sursaut, j'aurais sans doute eu la tête en vrac pendant une bonne heure et demie. Elle, malgré les signes évidents de sommeil récent, est fraiche et disponible à la conversation en un rien de temps. Je tente alors de lui retranscrire le plus simplement possible ce qui navigue dans les interstices

de mes connections neuronales. Un échec cuisant. Après une logorrhée poussive et brouillonne, le silence se fait. Elle me regarde, interloquée.

- Tu peux me la refaire j'ai rien compris là !

- Il y'a bien longtemps, j'ai connu une femme, Alice, et quand tu m'as trouvé dans ma piaule, je l'avais revu très peu de temps auparavant, voilà…

- Mais pourquoi la revoir t'a mis dans cet état en fait ?

- Parce qu'entre elle et moi c'est une très longue et très complexe histoire, qui serait d'ailleurs bien trop longue et chiante à t'expliquer. Et puis parce que je suis un gars compliqué Gabrielle.

- On est tous des gens compliqués Léo c'est pas un argument ça !

- C'est pas faux. Mais je crois que je le suis encore plus.

- En quoi au juste ?

- J'ai toujours eu des difficultés à sociabiliser, à être dans le moule. Je me pose sans cesse des questions, je doute, je m'isole, je me sens toujours à la marge du monde. Comme si j'étais le spectateur de ma propre vie. Et j'ai aussi toujours senti dans le regard des autres comme une incompréhension, pleine d'affection et d'empathie, mais incompréhension tout de même. Souvent les gens m'ont dit des phrases du genre « toi tu vis dans ton

monde, sors de ta bulle, t'es à l'ouest » et tu sais quoi ? j'ai compris qu'ils voyaient juste. Je suis effectivement dans mon univers. Et cet univers est compliqué. Je ne dis pas qu'il est pire que celui des autres, mais je sens qu'il est incontestablement différent. Mais si je te raconte tout ça Gabrielle, c'est simplement pour que tu comprennes mes réactions et certains de mes comportements, comme quand par exemple je me suis murgé à mort. J'ai juste pas réussi à gérer le fait de revoir cette femme que j'avais beaucoup aimé il y'a très longtemps...
Silence encore. Un long. Puis :
- Et c'est aussi pour ça que j'ai le sentiment que tu me comprends si bien, ajoute-t-elle.
- Peut-être oui...
- Et c'est maintenant que tu vas me dire qu'il vaut mieux qu'on se contente d'être amis hein...
- Ah parce que j'avais mes chances ?
Pas de sourire. Pas de réponse non plus. Puis elle renchérit :
- Elle me plaisait bien à moi cette différence tu sais...
Non évidemment je ne savais pas. Je n'en avais même pas la moindre petite idée. La tension de l'instant m'empêche de parler et même de la regarder dans les yeux. Et comme d'habitude, c'est elle qui fait le premier pas. Elle met sa main sous mon menton pour me relever la tête, puis pose

délicatement ses lèvres sur les miennes. Ce n'est pas un baiser passionné et langoureux. C'est un baiser d'affection et un baiser d'adieu. Le moment passé, je reprends comme je peux mes esprits, malgré tout déstabilisé par cette femme sublime qui vient de m'embrasser. Et comme souvent, je joue la carte de l'humour pour retomber sur mes pieds.

- Je le savais que je t'aurais !

Cette fois-ci elle sourit.

Et ce fut tout. On s'est quitté les yeux remplis de « c'est dommage », et je suis rentré chez moi le vague à l'âme mais soulagé d'avoir été honnête avec elle, et par la même occasion avec moi-même. Je venais de franchir une étape importante de ma reconstruction je le savais. Restait encore deux choses à faire pour se remettre sur le bon chemin.

19.

En arrivant à la gare de Lyon, à Paris, je réalise à quel point grisaille et foules diverses ne m'ont pas du tout manquées.

Après quelques temps à Marseille, j'avais imprimé dans mon logiciel intérieur ce que voulaient dire les mots détente et douceur de vivre. Avec bien-sûr ses inconvénients, comme le laisser-aller, les retards incessants et le manque de rigueur parfois...mais tout de même, je me rends compte en tentant de me frayer un chemin jusqu'au quai du RER à quel point la convivialité et la chaleur humaine sont différentes dans ce sud que décidément j'aime de plus en plus et qu'il me tarde déjà de retrouver.
Sans même passer à mon hôtel, je me dirige directement jusqu'au bureau de mon ami Rick. Même s'il ne s'agit pas uniquement d'une visite de courtoisie, je suis impatient de le retrouver. Mon expatriation marseillaise a logiquement espacé nos rencontres, et je me réjouis à l'idée de passer quelques jours avec lui. Dès mon entrée dans le commissariat, je prends aussi conscience que mon métier me manque. En tant que légiste, j'avais chaque jour l'opportunité de faire ce que je faisais de mieux : aider sans avoir besoin de causer. Bien que je sois un misanthrope assumé, le hasard génétique m'avait offert ce don de lire en l'autre et d'avoir envie de l'aider. Si parler me coûtait, une intonation de voix, un regard, une mimique me suffisaient depuis tout petit pour savoir ce que ressentait mon interlocuteur, un proche comme un sombre inconnu. Ce

constat me conforta dans mon choix de carrière.

- Tiens le sudiste !! Comment ça va le plouc ?

Rick. Forcément.

- Tu sais qu'on utilise plus le mot plouc depuis la fin des années quatre-vingt au moins ?
- Oui mais je trouve que mon langage va bien avec ma banane et mon Zippo !
- Ça et tes jeans huit tailles trop grands aussi !
- Bon, qu'est-ce tu me veux Lagerfeld ! y'en a qui bossent je te signale !
- Je viens te voir parce que j'ai besoin de toi...
- Jusqu'ici rien de nouveau...
- Haha, touché. Écoute, j'ai bien réfléchi à ton conseil bourguignon d'il y 'a quelques mois, et c'est vrai que j'aimerais bien reprendre du service. Je me suis renseigné, et apparemment il y aurait peut-être un poste vacant à l'institut de médecine légale de Marseille.
- Tu veux que je te pistonne quoi.
- C'est à peu près ça oui.
- Pour une fois que tu suis mes conseils, je ne vais pas faire la fine bouche ! Je vais voir ce que je peux faire pour toi !
- Merci !
- Et pis si ça marche pas tu pourras toujours continuer à faire du babysitting !

- Ouh, jolie celle-là !
- Ouais je sais ! Je suis chaud en ce moment, c'est parce que j'ai une nouvelle meuf du coup je suis un peu obligé de me mettre une pile pour être drôle tu vois ! Avant je misais tout sur ma belle gueule, mais putain la cinquantaine m'a forcé à me diversifier !
- Attends, t'as quelqu'un et tu me l'as pas dit ?
- Non mais détends-toi c'est tout neuf, on vient à peine de ramoner la chaudière, si tu vois ce que je veux dire…
- En dehors de la grosse grosse classe de l'expression, je pense qu'un moine bouddhiste sourd et muet comprendrait de quoi tu parles oui…et elle s'appelle comment ?
- On s'en fout je compte pas l'épouser hein !
- En tout cas ça te réussit de, enfin, le truc de la chaudière, t'es chaud comme une bouillotte ! Et plus sérieusement, si tu as besoin d'un coup de main sur une affaire, même gratos, en off, n'hésite pas. Ça me ferait plaisir de bosser à nouveau avec toi !
- T'inquiète mon pote, j'y penserai…

Sur ces belles paroles d'amitié virile, nous convenons de boire un coup le lendemain soir avant que je reprenne mon train pour Marseille. Ce qui me laisse un peu plus de vingt-quatre heures pour faire la dernière

chose de ma liste et entamer pour de bon « le premier jour du reste de ma vie ». Merci Daho.
Cela faisait bien longtemps que je n'avais pas eu le sentiment de faire ce qu'il fallait, de prendre les bonnes décisions. Mais cette fois, j'étais comme guidé par une irrépressible certitude. J'avais compris en un instant qu'il me fallait clore le chapitre Gabrielle, comme je n'avais pas hésité une seconde à venir à Paris pour tenter de relancer ma carrière. Et enfin, je savais, de manière à la fois irrationnelle et pourtant parfaitement raisonnée, au sens premier du terme, c'est à dire lorsque la raison prend le pas sur l'émotion, qu'il fallait que j'éclaircisse une fois pour toutes les nombreuses zones d'ombre et les non-dits avec celle qui avait occupé mon cœur et mes pensées ces trente-cinq dernières années.
C'est donc sans l'ombre d'un doute qu'une fois dans la rue, au pied de l'immeuble de la BAC, je prends mon portable pour appeler Alice.

20.

Douze mille sept cent soixante-quinze. C'est à peu près le nombre de jours qui se sont écoulés depuis qu'Alice a fait irruption dans mes pensées. Douze mille sept cent soixante-quinze jours. Une éternité. Une vie. Tandis que j'arrive dans ce bar parisien tout à fait banal et dénué d'intérêt, je prends un moment pour la regarder. Elle est là, assise à une table à l'intérieur. L'œil rivé sur son portable, elle esquisse de temps à autre un regard vers la rue, sans doute pour me guetter. La jeune fille lumineuse et angélique a fait place à une femme dans la fleur de l'âge. Quelques ridules et pattes d'oies commencent à marquer de leur empreinte le sillon de la vie, mais il émane encore d'elle une beauté et un magnétisme époustouflants. Déjà à l'époque je lui trouvais une classe folle, dans sa manière de se vêtir, dans son port altier et son regard juste hautain ce qu'il faut pour donner encore plus envie de la regarder. Cet air permanent de dire « essaie toujours tu vas voir ! ». Trente-cinq ans et bien des rebondissements plus tard, tout cela est intacte. Emmitouflée dans un imper beige clair, elle a les cheveux attachés et un maquillage léger qui la met en valeur avec élégance et discrétion.

L'amour est incompréhensible. Il vous surprend lorsque vous vous y attendez le moins, il vous emporte, il vous obsède, il

vous enrage, il vous détruit, il vous consume...Et puis un jour, sans crier gare, il vous quitte lui aussi...Debout à l'observer depuis le trottoir, Je réalise à cet instant précis que pour la première fois sans doute, je regarde Alice avec affection...Comme on repense à un joli souvenir, les yeux embrumés et le sourire en coin.
Après tout ce que j'avais traversé, enduré, tout ce qu'Alice avait changé en moi, influencé dans mes choix, et même fait de moi, cet amour insurmontable était parti à pas feutrés, sans bruit. Je ne saurais dire quand s'était jouée cette incroyable partition de ma morne existence, et pourtant, il fallait se rendre à l'évidence : j'étais prêt. Prêt à avancer, à vivre, enfin.

Après à peine plus de trente-cinq ans donc, j'ouvre tranquillement la porte de ce bar insignifiant, j'entre en sachant que j'en ressortirai différent. Mon Amour éternel était maintenant devenu mon souvenir d'antan.

- Hey salut !

Oui, toujours...

FIN

Printed by Amazon Italia Logistica S.r.l.
Torrazza Piemonte (TO), Italy

34691390R00109